MERCI
CROISSANT

이지은 지음

# MERCI CROISSANT 메르시 크루아상

## 장바구니에 담긴 프랑스

모요사

저는 프랑스에서 장식미술사를 공부한 터라 주로 '액자'
나 '의자'의 역사 같은 이야기를 써왔습니다. 그러다가 난생
처음 에세이 장르에 도전하게 된 것은 '먹는 이야기'라서 가
능했어요. 맑은 물속의 조약돌처럼 쓰는 사람이 투명하게 드
러나는 에세이는 정말이지 쓰기 어려운 글이었습니다. 잘난
척하거나 아는 척하는 게 통하지 않는 글이라니…. 그래서
이 책에는 싱싱한 식재료 앞에서 목소리의 톤부터 올라가고,
맛있는 요리에 흥분해서 절로 박수를 치는 '이지은'이라는
사람이 생생하게 드러납니다.

저는 먹는 것도 좋아하지만 식재료를 다듬고 요리하는 과
정 모두를 좋아합니다. 며칠 못 가면 허전할 정도로 수시로

드나드는 '알리그르 시장'은 매일 오전에만 열립니다. 남들이 회사에서 일할 시간에 시장에 갈 수 있는 건 일정한 소속이 없는 프리랜서이기에 가능한 일입니다. 매달 통장에 든든한 월급이 들어오는 사람들이 부러워질 때마다 '대신 나는 시장에 갈 수 있잖아'라고 스스로를 위로할 정도로 시장은 저의 즐거움입니다.

그렇게 사 온 재료를 요리하는 것도 별로 귀찮아하지 않는 편이에요. 매달 발간되는 요리 잡지를 광고까지 샅샅이 읽어본 다음 맛있겠다 싶은 요리에 포스트잇을 붙여놓았다가 하나씩 시도해보는 게 저의 취미입니다.

이렇게 레시피를 쌓아가다 보니 함께 시장을 둘러보고 프랑스 가정식을 요리해보는 쿠킹 문화 클래스인 '지은 집밥'을 운영하게 되었습니다. 입맛을 다시며 치즈를 자르는 저를 보면서 수강생들은 "요리를 하다 보면 입맛이 없어지잖아요. 다른 선생님들 중에는 수업 시간에 요리한 음식을 잘 안 드시는 분도 많아요"라며 깜짝 놀라곤 합니다. 게다가 저는 제가 요리한 음식을 제일 좋아하는 이상한 습성마저 갖고 있습니다. 아무리 우아한 식당에서 산해진미를 먹어도 집에서 내 마음대로 해 먹는 요리만 못하다고 생각하는 자화자찬형인 거죠. 그러니 부엌에서 쉽게 행복해질 수밖에요.

프랑스에서 살고 있는 저에게 시장에서 살 수 있는 채소와 과일, 치즈는 단순한 식재료가 아닙니다. 그건 보고 만지고 맛보며 호기심과 탐구심을 채워 나갈 수 있는 신대륙입니다. 지방마다 맛이 다른 치즈는 어떻게 만들어지는지, 이 나라에는 어떤 종류의 딸기가 나는지, 다양한 형태와 컬러를 자랑하는 토마토는 제각기 어떤 맛과 향을 갖고 있는지…. 아이들이 글자를 하나씩 깨우칠 때처럼 식재료에 대해 하나씩 알게 되면서 장바구니를 통해 내가 발 딛고 사는 이 나라를 재발견할 수 있었습니다.

부엌에서 보내는 시간이 길어질수록 식재료는 단지 먹기 위한 재료가 아니라 소중하게 지키고 싶은 개인적인 기억으로 변했습니다. 소시지를 넣은 브리오슈를 먹으면 리옹의 친구들이, 풍뒤 부르기뇽의 담백한 안심살을 보면 내 친구 소피가 떠오르고, 프랑스 남부식 갈비찜인 도브는 시어머니, 카술레는 남편이 연상됩니다. 저에게 가장 소중한 이들은 각자의 정체성과 맞닿은 음식으로 제 마음에 도장을 찍습니다. 마치 풋풋한 달래와 쌉쌀한 쑥이 저에게는 한국을 향한 그리움인 것처럼요.

아무리 맛깔스런 이곳 음식을 먹어도 마음의 허기가 쉽게 가시지 않는 날도 있습니다. 추운 겨울 포장마차에서 털어 넣던 소주 한 잔, 가족들과 텔레비전을 보면서 배달시켜 먹던 고소한 치킨, 한여름에 송골송골 땀을 흘리며 먹던 시원한 냉면처럼 제가 두고 온 일상들이 음식이 되어 저를 부릅니다.

그러니까 이 책은 식재료라는 세상을 통해 프랑스라는 나라를 재발견한 기록이라고 할 수 있습니다. 동시에 유학생으로 시작해 20년이 넘는 시간 동안 이 나라를 떠나지 못한 프랑스 생활자가 어떻게 이 나라에 정을 붙였는지, 이 나라의 어떤 점을 사랑하게 되었는지를 담담하게 그려낸 자기 고백이기도 합니다.

알리그르 시장의 단골 가게를 중심으로 이야기가 전개되지만 이 책을 단지 시장 소개서라고 부른다면 서운할 것 같습니다. 상인들과 가게 이름이 등장하는 것은 그곳을 소개하고 홍보하기 위해서가 아니기 때문이죠. 이 책에 등장하는 상인들은 저의 프랑스 요리 선생님들입니다. 무엇을 언제 어떻게 먹어야 좋은지, 어떻게 요리하면 맛있는지, 책이나 인터넷에서는 찾아볼 수 없는 살아 숨 쉬는 요리 팁들이 그분들의 입에서 구슬처럼 쏟아집니다. 알리그르 시장의 터줏대감들이 없었다면 내가 한 요리가 제일 맛있다고 자아도취에 빠지는 저라도 식재료와 음식에 관한 책을 써보겠다고 감히 나서지 못했을 겁니다. 그들은 책을 쓴다며 이것저것 물어보고 사진을 찍겠다고 포즈를 취해 달라고 부탁하는 귀찮은 손님을 웃음과 한없는 인내심으로 대해주셨어요. 그러니 이 서문의 끝은 감사로 끝맺을 수밖에요. 감사합니다, 여러분들 덕분이에요.

아침이면 눈 뜨자마자 점심 메뉴를 고민하는 부인을 귀엽게 생각해주는 남편 그리고 사랑하는 엄마, 이젠 하늘나라에서 새 책을 펼쳐 보실 아빠에게 감사한 마음을 보냅니다.

그리고 무엇보다 독자분들 "책을 기대하고 있어요", "재미있을 것 같아요"라며 한 잔의 홍차처럼 따뜻한 말로 응원해주신 분들. 이 책은 여러분들에게 건네는 저의 애정 쪽지입니다.

Pour ce livre, j'ai bénéficié du concours averti et chaleureux de Quentin Hakoun, Cedric Durain, Vincent Merle, Luciano Briones, Pascal Lecomte, Maxime Guignard, Joseph Loughney, Candyce Loughney, Sophie Cotté, Christelle Hardouin, Cedric Gidel, Marie Pavan, Emmi Bolatoglu, Salvatore Cantarelle, Martine Ginies, Stephane Lepingle, Madeleine Maisonneuve, Maxime Cuilleret, Sebastian Galic, Olivier Collin, Claude Montis. Merci à vous.

2024년 5월

이지은

# 차례

8

7

Rue Théophile Roussel

Rue Antoine Vollon

6

Rue Cotte

5

Rue d'Aligre

4

# 메르시,
# 크루아상

가끔 언제 어떻게 프랑스에 오게 되었느냐는 질문을 받는다. 그게 언제였을까? 확실한 것은 우리나라에서보다 프랑스에서 산 기간이 점점 길어지고 있다는 점이다. 언젠가 사석에서 김포 공항에서 비행기를 타고 왔다고 했더니 어떤 분이 눈을 동그랗게 뜨고 물었다.

"김포 공항에서도 유럽행 비행기가 떠요?"

봉주르도 한마디 못하는 주제에 과감히 프랑스 유학을

감행한 데에는 대단한 이유가 있는 게 아니었다. 겉으로는 미술사를 공부하기 위해서라고 둘러댔지만 우습게도 내가 프랑스행을 결심한 진짜 이유는 크루아상이었다. 파리는 대학교를 졸업하고 홀로 떠난 긴 유럽 여행의 마지막 도착지였다. 한국으로 돌아오는 비행기를 타기 바로 전, 나는 크루아상을 사 먹었다. 샤를드골 공항에 크루아상 맛집이 있을 리 없는데도 어찌 된 일인지 그때의 크루아상은 지금도 생각날 만큼 맛있었다. 입 안에서 바삭 소리를 내며 깨지는 겉면, 버터 맛이 듬뿍 밴 눅신한 속살. 크루아상을 야금야금 뜯어 먹으면서 불현듯 나는 프랑스라는 나라에서 한번 살아보고 싶어졌다. 꼭 다시 돌아와야지. 아무것도 모르면서 그렇게 다짐했던 나는 6개월 뒤 정말로 다시 돌아왔다.

돌이켜보면 아무것도 몰라서 용감할 수 있었다고 생각한다. 막상 살아보니 파리는 낭만적이기는커녕 전 세계에서 가장 살기 빡센 도시가 아닐까 싶었다. 그렇지만 스스로 선택해서 온 만큼 쉽사리 물러날 수는 없었다. 대학교를 이제 막 졸업한 스물네 살의 성인이었지만 처음 이 나라에 도착한 나는 어린아이나 다름없었다. 아이들이 더듬더듬 ㄱㄴㄷㄹ을 배우듯 프랑스어를 배웠다. 놀이터와 유치원에서 최초의 친구를 만나는 어린아이들처럼 지금까지 인연을 이어오고 있는 프랑스 친구들을 한 명 한 명 사귀었다. 먼지 풀풀 날리는 고문서를 읽고 도서관에 다니면서 이 나라의 역사와 문화를 만났다. 그렇게 나는 프랑스에서 나만의 삶을 한 발 한 발 걸어 나갔다.

하지만 프랑스에서의 삶이 항상 좋았던 것은 아니다. 지금도 누가 유학을 온다고 말하면 어지간하면 말리고 싶을 정도다. 내 말을 잘 알아듣지 못한 점원이 귀찮다는 듯 되묻는 것만으로도 상처를 받던 시절은 지나갔지만 마음에 껍질처럼 단단한 보호막이 생긴 지금도 화가 나는 일은 수없이 많다. 번번이 말도 안 되는 세금이 붙어 도착하는 소포, 어디가 아프면 골치부터 지끈거리는 복잡한 병원 시스템, 앵무새처럼 "내 잘못이 아니야"를 외치는 비겁한 사람들과 나만 괜찮으면 된다는 무사안일한 태도, 그리고 결정적으로 그럼에도 불구하고 이 나라에서 살아가는 것을 선택한 나 때문에 마음앓이를 한다.

이곳에서의 삶이 버거울 때면 나는 알리그르 시장에 간다. 알리그르 시장 근처라는 이유만으로 남편과 나는 이 동

네에 집을 사기 위해 오래 발품을 팔았다. 바닥이 기울어 구슬을 놓으면 저절로 줄줄 굴러 내려가는 이상한 집들을 수없이 본 끝에야 지금의 집을 찾아낼 수 있었다. 이런 집들이 진짜 있을까 싶지만 수평이 맞지 않는 바닥쯤은 보통이라는 게 이 나라의 무서운 점이다.

집에서 3분 거리, 매일 가는 시장이지만 다음 내용이 궁금해 얼른 책장을 넘기는 두근거리는 마음으로 시장에 간다. 오늘은 어떤 것들이 있나…. 나에게 알리그르 시장을 알려준 사람은 남편이었다. 요리를 좋아해서 일부러 알리그르 시장 근처에 살았던 남편은 상을 차려 집으로 친구들을 초대하기를 즐겼다. 남편을 따라 처음 가본 알리그르 시장에서 나는 충격을 받았다. 도서관에서 책만 보던 내가 미처 몰랐던 프랑스가 거기에 있었다. 머리가 아닌 내 눈과 귀, 코로 감각할 수 있는 오늘의 프랑스였다. 허리춤에 손을 대고 큰 소리로 채소 값을 따지는 상인과 손님들의 적나라한 말을 들으면서 마음을 단단히 옥죄는 무언가가 툭 터지는 듯한 해방감을 느꼈다. 단정하고 흠잡을 데 없는 문어체로는 표현할 수 없는 활력과 생생함이 손으로 잡을 수 있을 듯 펄떡펄떡 뛰어올랐다.

랑드의 아스파라거스, 브르타뉴의 팽폴<sup>paimpol</sup> 콩, 카바용의 멜론…. 좌판의 채소와 과일의 원산지를 읽어가며 나는 프랑스라는 나라의 지리를 새롭게 배웠다. 이제 나에게 프로방스는 세잔과 반 고흐의 고장이기도 하지만 농익어 터지기 일보 직전인 짭짤한 토마토와 손끝을 향기로 물들이는 로즈메리의 천국이다. 첫봄 딸기인 가리게트의 향기에 코를 킁킁거리고 튼실한 아티초크 줄기를 딱 분지르면서 재발견한 프랑스는 눈이 부셨다.

오전에 시끌벅적했던 시장이 오후가 되면 언제 그랬냐는 듯 먼지 한 톨 없이 사라지는 광경은 경이롭기까지 하다. 좌판 상인들은 아침 7시부터 오후 1시까지 하루에 딱 다섯 시간 동안 펼쳐지는 공연을 위해 열과 성을 다하는 공연 예술인이다. 가지며 호박을 하나하나 윤이 나도록 닦고, 토마토 줄기를 나란히 정렬한다. 빨간 순무를 다발로 묶어 작은 바구니에 착착 넣고, 멋들어진 잎사귀가 달린 레몬으로 피라미드를 만드는 솜씨는 봉마르셰 백화점의 디스플레이 전문가 못지않다.

이민 가정 출신이 대부분인 좌판 상인들은 박물관에 드나들거나 디자인 클래스를 들으며 여가를 보내는 한가한 사람들이 아니다. 감각적인 센스라든가 직관적인 디자인 같은 말에는 어깨를 으쓱하며 콧방귀를 뀔 거다. 그런데도 이 사람들은 보라색 마늘은 초록 줄기가 위로 가도록 뒤집어 세워 놓고, 아티초크는 잎과 함께 부케처럼 묶을 줄 안다. 나는 자기가 파는 식재료를 귀중하게 대하는 마음에서 나오는 상인들의 생활 미감을 그 어떤 예술 작품보다 좋아한다. 반짝반짝 빛나는 과일과 방금 밭에서 따 온 듯 싱싱해 보이는 채소에는 매시간 분무기로 물을 뿌리고 먼지를 닦아내는 상인들의 정성이 숨어 있다. 자기 일을 열심히 하다 보니 저절로 터득한 상인들의 생활 미감이야말로 사람들이 흔히 이야기하는 '아름답고 우아한 프랑스'다. 게다가 이 아름다움은 공짜다. 굳이 예약을 하거나 줄을 설 필요 없이 시장을 지나는 누구에게나 열려 있다.

어떻게 이런 세계를 모르고 프랑스에서 산다고 말할 수 있었을까? 어떻게 나는 대학의 수업과 도서관의 책, 박물관의 예술 작품만으로 프랑스를 알 수 있다고 생각했을까? 샤를드골 공항의 크루아상이 나를 알리그르 시장으로 인도한 것만 같았다. 시장을 드나든 이후로 나는 매일 바뀌는 좌판의 채소와 과일로 시간의 흐름을 가늠하는 사람이 되었다.

그날이 그날 같아도 시장에서는 늘 미세한 변화들이 감지된다. 계절에 맞는 먹거리를 챙기고 좋은 재료들을 고르는 풍성한 자족감에 마음이 빵빵하게 부푼다.

　매일같이 시장에 다녔더니 이제는 시장에 가면 아는 얼굴이 제법 많다. 자주 가는 채소 가게의 중국인 언니가 춘절을 맞아 부모님을 뵈러 간다는 이야기에 잘 다녀오라고 인사하고, 닭집 계산대를 지키는 마담 파방과는 주룩주룩 비가 내리는 날엔 무엇을 먹어야 좋을지 의논한다.
　"네가 좋아하는 튤립이 나왔어."
　지나가는 나를 보고 꽃집 아줌마가 말을 건넨다. 그녀는 꽃집 주인이라고 하기에는 너무나 냉정한 얼굴을 하고 있지만 알고 보면 무척이나 세심하고 다정하다. 오후가 되면 시장 옆 학교에 다니는 손녀를 데리러 나선 그녀를 종종 마주치는데 늘 손녀의 손을 꼭 잡고 손녀와 보폭을 맞춰 걷는다. 시장 상인들과 나는 서로를 멀찍이서 지켜보는 사이다. 그들은 대부분 나의 이름을 모르고 나 역시도 그들의 이름을 묻지 않는다. 더도 덜도 아닌, 딱 물건을 사고파는 시간 동안만 이어지는 우리의 관계에는 아무런 부담도 없다. 그렇지만 그들은 내가 가장 신뢰하는 프랑스 요리 선생님이다.

20년이 넘도록 프랑스에 살았지만 남편과 결혼하기 전에 내가 먹어본 프랑스 음식이란 프랑스 식당 메뉴판에 자주 등장하는 음식들이 전부였다. 스테이크와 감자튀김, 오리 콩피, 소스를 뿌린 생선 요리들…. 어느 식당을 가나 비슷비슷한 음식들이었다. 게다가 학생이거나 나보다 나이가 어린 주변의 프랑스 친구들은 슈퍼마켓에서 파는 수프와 냉동식품을 데워 먹는 게 고작이었다.

집에서도 식당에서도 김치찌개와 된장찌개를 먹을 수 있는 우리나라와는 달리 프랑스는 가정식과 식당 음식, 정확히는 셰프의 음식 사이에 큰 차이가 있다. 앙디브 오 장봉<sup>endive au jambon</sup>이나 키시<sup>quiche</sup>, 블랑케트 드 보<sup>blanquette de veau</sup>, 라타투이, 소시지와 감자 퓌레 같은, 프랑스인들에겐 할머니의 손맛을 떠올리게 하는 가정식은 식당에서 보기 힘들다. 무엇이든 돈을 내면 그만큼의 값어치를 해야 한다고 굳게 믿는 프랑스인들은 끼니를 때우기 위해 식당에 가지 않는다. 편안하고 우아한 공간에서 프로 요리사의 솜씨를 즐기기 위해 식당에 간다. 최근에 젊은 셰프들이 푸근한 가정식을 콘셉트로 한 식당으로 대히트를 치기 전까지 가정식은 식당에서는 좀

©전혜정

체 맛볼 수 없었다.

그래서 남편이 더 좋았는지도 모른다. 그는 첫 데이트부터 나를 집으로 불러 미라벨 타르트를 구워주었다. 나는 노랗고 작은 서양 자두인 미라벨을 단 한 번도 본 적이 없었다. 내가 다니는 마트에서는 미라벨을 팔지 않았다. 프랑스인이라면 누구나 따뜻한 남쪽의 여름 하면 노란 미라벨 타르트를 떠올린다는 것도 몰랐다. 비록 그날따라 장기인 미라벨 타르트를 처참하게 망치는 바람에, 안절부절못하며 평소에는 잘한다고 주절주절 변명을 늘어놓는 그가 귀엽다는 생각이 들었다. 남편은 지금도 그때 일을 최악의 흑역사 중 하나로 기억하고 있다.

남편의 요리에는 오랫동안 유학생으로 살면서 잊고 있었던 집밥의 맛이 났다. 특별한 재료는 하나도 들어 있지 않은 평범하고 흔한 밥…. 그래서 가족과 멀리 떨어져 있는 나에게는 오히려 귀했던 밥…. 이 사람과 함께라면 이 낯선 나라에서 포근하고 따뜻한 부엌을 가지고 살 수 있겠다는 생각이 들었다.

남편은 자신의 장기인 몇몇 요리들을 하나씩 전수해 주었다. 게다가 남편의 주변에는 고작해야 식당 음식이나 먹고 살아온 가여운 외국인에게 진짜 프랑스의 맛을 알려주고 싶어 안달이 난 친구들이 많았다. 그들은 호들갑스럽게 음식의 맛을 상세히 묘사한 다음 어김없이 할머니와 엄마로부터 내려오는 시크릿 레시피를 나누어 주었다. 손으로 휘갈겨 쓴 필기체여서 해독하기 어려운 그들의 레시피는 요리의 비기 같았다. 남부식 갈비찜인 도브daube와 콩테 치즈를 듬뿍 넣은 수플레 요리의 여왕인 시어머니는 시범을 보여주는 것은 물론 직접 손으로 한 줄 한 줄 적은 레시피를 우편으로 보내 주기도 했다.

시장 상인들은 진열해둔 채소나 과일을 신기한 듯 요리조리 뜯어보면서 조리법을 묻는 나를 재미있어했다. 그러고는 '아니 그것도 몰라서야'라는 마음으로 처음부터 하나하나 알려주었다. 식재료를 살 때마다 오렌지색 순무인 골든 볼은 푸욱 삶아 국물을 내면 맛있고, 화이트 아스파라거스는 살짝 겉을 벗겨 낭창낭창해질 때까지 딱 3분 정도만 데쳐야 하며, 야생 아스파라거스는 베이컨과 함께 후루룩 볶아 먹으면 좋다는 온갖 팁들을 일러주었다. 시장에 갈 때마다 상인들이 전수해준 요리법을 다 모으면 두툼한 책 한 권은 너끈히 나올 거다.

작은 부엌에서 자르고 볶고 데쳐 한 끼 한 끼를 채우는 나의 요리는 프랑스인들이 매일 먹는 전형적인 가정식이다. 고등어구이에 된장찌개가 올라간 저녁상처럼 평범한 한 끼. 프랑스 가정식에는 프랑스적이라 할 만한 것들이 담겨 있다. 그것은 샤를드골 공항의 크루아상에서 시작해 끈덕지게 나를 이 나라에 붙잡아둔 프랑스만의 매력이었다. 프랑스 가정식에는 내가 좋아하는 프랑스 문화만의 특질이 숨어 있었다. 어쩌면 이것이 관자를 버터에 굽고, 감자를 저미며 그라탱 도피누아를 만들면서 한없는 위안을 얻는 이유일지도 모르겠다.

전 세계 어디를 가나 고급 식당으로 대접받는 프렌치 레스토랑의 명성 때문인지 프랑스 음식 하면 복잡하고 만들기 어려울 거라고 다들 지레짐작한다. 하지만 프랑스 가정식은 재료부터 조리 과정까지 어이없을 정도로 단순하다. 대부분의 가정식은 프랑스인이라면 누구나 냉장고에 상비하고 있는 재료에서 출발한다. 가령 베샤멜소스는 밀가루, 우유, 버터만 있으면 된다. 반면 베샤멜소스로 만들 수 있는 요리는 수백 가지가 넘는다. 가장자리가 다갈색으로 멋지게 눌어붙은 그라탱부터 라자냐에 이르기까지 베샤멜소스 하나로 온갖 요리를 만들 수 있다.

유학 생활 초기 "나는 돈이 없어"라고 말하며, 언제나 자기 주머니 사정에 당당한 프랑스 친구들을 보면서 나는 깜짝 놀랐다. 돈이 없다는 부끄러움이나 남들이 부럽다는 열등감은 조금도 찾아볼 수 없는 담백한 태도. 그때까지만 해도 남들이 하는 것은 다 하고 살아야 한다고 생각해온 나는 그들의 그런 솔직한 태도에 놀랐던 것이다. 프랑스 가정식도 마찬가지다. 무리해서 재료를 잔뜩 넣지 않는다. 대신 최소한의 재료를 최대한으로 활용한다. 고급 레스토랑에서도 스테이크에 곁들임으로 등장하는 그라탱 도피누아의 재료는 감자와 우유, 너트맥, 마늘 한 알이 전부다. 그렇지만 맛은? 아는 맛이 무섭다는 말은 진리다. 입 안에서 살살 녹아내리는 감자와 우유의 조합 앞에서는 어떤 값비싼 재료도 꼬리를 내릴 수밖에 없다.

조리 방법 역시 마찬가지다. 멋없을 정도로 단순하다. 삶은 후 볶거나 무치는 식으로 두 번 익혀야 하는 일은 거의 없다. 대부분 재료를 손질해 오븐에 넣으면 조리 과정이 끝난다. 프랑스인들이 손님을 초대하고도 얼마든지 여유 있게 와인 잔을 기울이며 수다를 떨 수 있는 이유다. 게다가 메인 재료에 채소를 같이 넣고 익혀 한 접시로 한 끼를 해결할 수 있는 메뉴가 많다 보니 설거지가 많이 나오지도 않는다. 한 사람당 접시 하나면 족하다.

언젠가 레바논에서 온 셰프에게 아랍식 샐러드인 타불레 tabbouleh를 배운 적이 있었다. 산더미같이 다진 민트와 파슬리에 토마토, 오이, 좁쌀 등이 들어가는 상큼한 샐러드다. 레바논에서 오래 살았다는 그는 레바논의 유서 깊은 집안에서는 지금도 여자들이 부엌에 모여 타불레에 들어가는 파슬리와 민트 잎을 하나하나 손으로 딴다는 이야기를 자랑스럽게 들려주었다. 그때 나는 반사적으로 평생을 미용사로 일하며 자식 둘을 키운 시어머니를 떠올렸다. 만약 시어머니가 민트 잎을 하나하나 따서 샐러드를 만들어야 했다면 과연 아이들에게 밥을 해줄 수 있었을까? 남편은 지금처럼 엄마의 맛있는 음식을 많이 기억하는 사람으로 자랄 수 있었을까? 어떤 방식으로든 사회에 참여하는 여자들이 많은 프랑스에서 가정식은 지금도 가장 효율적인 방식으로 진화하고 있다.

그럼에도 프랑스 가정식이 간단해 보이지 않는 것은 근사한 플레이팅 덕분이다. 크림소스 위에 뿌린 초록 파슬리, 달걀노른자에 다져 올린 파, 먹음직스러운 갈색으로 익은 타르트는 당장 사진부터 찍어야 할 정도로 예쁘다. 들인 공에 비

해 그럴듯해 보이는 음식들을 볼 때마다 나는 낡은 청바지에 스웨터만 입어도 멋있어 보이는 파리의 여성이 떠오른다. 그녀의 생기 넘치는 붉은 볼과 무슨 말을 할까 궁금해지는 입술, 겨울의 노란 등처럼 따뜻한 눈빛 그리고 걷어 올린 소매 아래로 살짝 보이는 파란색 셔츠. 옷 좀 입어본 이들이라면 이 파란색 셔츠가 오늘 그녀의 포인트임을 대번에 눈치 챌 수 있을 것이다. 딸기 위의 민트, 샐러드 위의 구운 치즈와 호두처럼 프랑스 가정식 역시 아주 작은 한 끗 차이의 디테일로 멋을 부린다.

나는 2년 전부터 같이 시장을 보고 우리 집 부엌에서 프랑스 가정식을 만들어 먹어보는 '지은 집밥'이라는 프로그램을 운영하고 있다. '지은 집밥'은 엄연히 따지자면 쿠킹 클래스가 아니다. 나 자신이 전문적인 요리사가 아닐뿐더러 그럴듯한 미식 요리가 등장하지도 않는다. '지은 집밥'을 통해 정말 함께 나누고 싶은 것은 나의 프랑스 요리 선생님인 시장 상인들의 기운찬 말투와 채소를 정돈하는 부산한 몸동작, 계절마다 찬란하게 피어나는 좌판이다. 루브르 박물관이나 에펠탑에는 없는 프랑스가 여기에 있다. 프랑스를 가장 프랑

스답게 만드는 생활 미감이 시장 구석구석에서 말간 얼굴을 내민다. 책으로는 배울 수 없는 오늘의 프랑스를 입 안에 넣고 씹는 것, 그것이 가끔은 너무나 얄미워지는 이 나라를 사랑하는 나만의 방법이다.

**프랑스 시장 사용 설명서**

# 프랑스 시장을 백퍼센트 즐기고 싶은
# 당신을 위한 가이드

### 1. 좌판의 물건을 손으로 만지거나 헤집지 말자

시장의 모든 좌판은 새벽부터 나와 상품이 가장 돋보이도록 열과 성을 다해 물건들을 깔아놓는 상인들의 정성이 담긴 작품이다. 좋은 물건을 찾겠다고 마구 손으로 헤집거나 기껏 닦아놓은 채소에 손자국을 남기는 손님은 환영받지 못한다. 직접 담으라며 봉지를 건네주는 좌판도 없지는 않지만 대부분의 경우 상인이 물건을 집어 준다.

### 2. 차례를 기다리자

다른 손님을 상대하고 있는 상인에게 말을 걸면 좋은 소리를 듣기 어렵다. 중간에 끼어들어 본체만체한다고 분노하지 말자. 프랑스의 여타 상점도 마찬가지인데 이럴 때는 조용히 차례를 기다리는 것이 좋다. 마침내 자기 차례가 오면, 언제 그랬냐는 듯 무한한 인내심을 발휘하며 주문을 받아주는 상인들을 만날 수 있을 것이다. 오래 기다린 만큼 서두르지 않고 천천히 할 말을 다 해도 좋다. 십 분씩 동전을 세어도 된다! 뒷사람의 눈치 따위는 볼 필요가 없다.

### 3. '곤니치와', '니하오'는 한국인을 무시해서 하는 말이 아니다

종종 상인들은 동양 사람의 얼굴만 보고 '곤니치와'나 '니하오'를 남발하곤 한다. 우리나라가 많이 알려지면서 요즘은 '안녕하세요'를 듣는 일도 잦아졌다. 그래도 프랑스인에게 '안녕하세요'는 기억하기 쉽지 않은 발음이다. 일본인이나 중국인으로 착각했을 뿐 한국인을 조롱하려는 의도가 아니다. 자기가 아는 동양의 인사말이 그것뿐인 경우가 태반이다.

### 4. 인사를 하자

동방예의지국이라 불리던 우리나라지만 의외로 모르는 사

람에게는 인사를 잘 하지 않는다. 하지만 프랑스에서는 눈을 맞추고 인사를 함으로써 모든 상황이 시작된다. 시장에서 눈이 마주치는 상인들에게 '봉주르'를 하면 덕을 볼 일이 많다. 하다 못해 시식용 과일이라도 하나 더 준다. 작은 예의가 친절을 부른다.

### 5. 사진을 찍을 때는 일단 물어보자

시장 상인들은 동물원의 원숭이가 아니다. 관광객이 늘면서 알리그르 시장에도 사진 금지 표지판을 내거는 상인들이 점점 늘어나고 있다. 허락을 받지 않고 대뜸 휴대폰이나 카메라를 들이대는 관광객들이 많기 때문이다. 눈을 마주치며 인사하고 미리 허락을 구하면 거절하는 상인들은 거의 없다. 심지어 같이 사진을 찍어주는 이들도 있다. 다시 한 번 강조하지만 작은 예의가 친절을 부른다.

### 6. 비닐봉지 대신 장바구니

여행자의 입장에선 쉽지 않은 일이겠지만 비닐봉지를 쓰지 않는 상인들이 많다. 대신 종이봉투를 주로 쓰는데 프랑스적인 물건 중 하나라 그런지 우리나라에서 이 종이봉투를 사고파는 것을 목격한 적도 있다. 종이봉투는 조금만 많이 넣어도 찢어지는 치명적인 단점을 가지고 있다. 그러니 시장을 구경하면서 과일이며 치즈를 살 계획이라면 에코백을 준비하자. 미리 준비하지 못했다면 근처 슈퍼마켓으로 가면 된다. 프랑스의 슈퍼마켓에서는 자체 마크가 새겨진 시장바구니를 5유로 내외로 판매하고 있다.

### 7. 깎아주는 일은 드물다

프랑스 시장은 정찰제다. 모든 물건의 가격이 적혀 있다. 재미있는 점은 다 비슷비슷해 보여도 가격이 천차만별이라는 것이다. 이를테면 같은 가지라도 좌판마다 가격이 다르다. 자세히 보면 좌판마다 또렷한 콘셉트가 있다. 싼 채소를 다발로 파는 집, 프랑스산만 취급하는 고급 채소 가게, 중급 물건을 고루 갖춰놓은 집…. 집집마다 콘셉트에 따라 가격이 다르기 때문에 옆집과 비교하는 것은 소용없는 일이다. '옆집에서는 얼마던데'는 프랑스 시장에서는 통하지 않는다. 그러니 깎아 달라고 말하기보다 자신이 원하는 가격대의 좌판을 찾아가자.

## 8. 원산지 표시

시장의 모든 물건에는 원산지를 표시하게 되어 있다. 대부분은 가격이 적힌 칠판의 위쪽에 원산지를 적어둔다. 자세히 보면 원산지에 따라 가격차가 크다는 것을 눈치 챌 수 있을 것이다. 같은 호두라도 이탈리아산 호두와 프랑스 페리고산 호두는 세 배 이상 가격 차이가 난다. 모로코산 딸기와 프로방스산 딸기의 가격은 과장을 좀 보태면 하늘과 땅 차이다. 하지만 그 덕분에 장바구니를 효율적으로 구성할 수 있는 장점이 있다. 멜론이나 화이트 아스파라거스, 품종이 특이한 감자는 프랑스산을 사고, 맛 차이가 별로 없는 호박은 원산지에 상관없이 저렴한 것을 구입하는 식으로 예산에 맞춰 장을 볼 수 있다.


## 9. 제철 재료를 탐구하자

프랑스 시장에서는 계절에 따라 열다섯 가지가 넘는 감자를 볼 수 있다. 가지도 서너 가지, 샐러드 채소도 열 종류가 넘는다. 맛도 모양도 향도 다른 다양한 품종들은 식탁을 풍성하게 만들어주는 제일 큰 요소다. 포도나 딸기를 종류별로 사서 먹어보거나 비교해보는 즐거움을 누렸으면 좋겠다. 미식으로 유명한 나

라 프랑스의 진짜 미식은 고급 식당에 있는 것이 아니라 다양하고 싱싱한 식재료에 있으니까.

# 시장의 마에스트로

플라시에, 캉탱 아쿤
Placier, Quentin Hakoun

알리그르 시장을 걷다 보면 이 시장이 거대한 오케스트라를 닮았다는 생각이 든다. '엑스트라, 엑스트라 클레망틴(extra, extra clémentine: 특상, 특상의 귤)', '브네, 브네, 구테(venez, venez, goutez: 오세요, 오세요, 먹어봐요)', 음절이 딱딱 맞는 호객 소리는 '골라, 골라'를 외치는 우리나라 시장과 다를 게 없다. '파리 하늘 아래 센 강은 흐르고'를 버터 바른 듯한 목소리로 읊조리는 악사, 펄럭이는 천막 아래 수천 개의 종이봉투가 부스럭거리고 금전 출납기의 서랍이 열리고 닫히며 동전이 짤랑댄다.

생생한 삶의 소리로 가득 찬 시장에 들어서면 나는 늘 프랑스 국립도서관에 소장되어 있는 《파리의 외침Le Cris de Paris》이 떠오른다. 제목 그대로 15세기부터 18세기까지 파리 거리를 누볐던 행상들의 모습을 담은 판화 시리즈다. 재미있는 것은 복장이며 표정까지 세세하게 그린 행상들의 모습과 함께 손님을 끌기 위해 외쳤던 말을 글로 기록했다는 점이다. 18세기판 만화라고나 할까? 녹음 기술이 없던 시절, 스스로 인간 녹음기가 되어 펜과 붓으로 파리의 소리를 채집하고 보존했던 아브라함 보스, 프랑수아 부셰, 에드메 부샤르동은 나처럼 시장이라는 오케스트라의 음악을 사랑한 이들이었을 테다.

알리그르 시장을 하나의 오케스트라에 비유한다면 현악 파트는 단연 과일과 채소 좌판들이 맡아야 한다. 알리그르 가를 따라 늘어선 과일·채소 좌판은 가장 개수가 많고 다채로운 소리를 낸다. 레퍼토리도 다양하다. 계절마다 좌판을 채우는 과일·채소의 이름만 다 모아도 책 한 권을 쓸 수 있을 정도다.

프랑스식 정육점과 할랄 고기를 취급하는 아랍식 정육점, 그리고 생선 가게는 금관 악기 파트라고 할 수 있다. 과일·채소 좌판에 비해 그 수는 적지만 번쩍이는 튜바처럼 육중한 비중을 차지하니까. 치즈 가게는 큰북, 꽃 좌판은 팀파니, 알리그르 광장의 벼룩시장은 특별 협연에 나선 피아노가 아닐까? 그렇다면 지휘자는? 시장에도 과연 지휘자가 있을까?

여기 한 명 있다.

"한마디로 알리그르 시장의 지휘자라고 할 수 있죠."

캉탱은 피레네 산맥의 나무꾼 같은 순진한 얼굴을 붉게 물들이며 본인을 이렇게 소개한다. 실은 그렇게 시장을 오래 다닌 나도 시장에 지휘자가 있다는 사실을 알게 된 건 최근이다.

"문제가 생기면 캉탱에게 말하면 돼요."

가끔 얼굴을 내미는 행상부터 카페 앞에서 풍금을 타는 악사까지 모두 캉탱을 찾는다. 그가 없이는 시장이 돌아가지 않는다. 이제 막 서른 살이 되었을 뿐이지만 캉탱은 알리그르 시장의 마에스트로다운 특권도 가지고 있다. 그는 이 넓은 시장에서 유일하게 프라이빗 화장실과 난방기를 가진 사

람이다! 일요일에 알리그르 시장을 구경하러 나온 외국인 관광객들이 그토록 찾아 헤매는 화장실과 새벽의 추위에 맞서야 하는 상인들에게는 너무나 간절한 난방기를 혼자서 쓰다니….

이것만 해도 대단한데 캉탱은 유명 지휘자들이나 누리는 단독 대기실도 가지고 있다. 대외적으로 널리 알려져 있지 않지만 그의 사무실은 알리그르 시장 광장에 떡 버티고 서 있는 시계탑 건물이다. 시계탑이라고? 맞다. 시장의 단골 할머니들조차 버려진 유적으로 착각하곤 하는 그 건물이다. 손수레를 끌고 시장에 나선 할머니들은 우연히 시계탑 문을 열고 나오는 캉탱을 목격하면 눈썹을 10센티쯤 치켜올리며 수상쩍은 눈빛을 던진다. 나 역시 마찬가지였다. 그의 사무실에 들어가서 상인들이 모두 부러워하는 난방기와 프라이빗 화장실을 두 눈으로 확인하기 전까지는 말이다.

이제는 아무도 기억하는 사람이 없지만 사실 19세기에 세워진 이 시계탑은 시청의 분소分所 건물이었다. 프랑스에서 대형 시계가 달린 곳은 교회, 기차역, 관공서 셋 중 하나라는 말은 진짜다. 그 시절의 엽서 사진을 보면 시계탑 뒤로 작은 건물까지 덧붙어 있어서 제법 규모가 커 보인다. 시장과는 어울리지 않는 시청 분소가 하필 시장의 한가운데 있었던 이유는 간단하다. 예나 지금이나 파리에서 열리는 모든 시장은 파리 시에 속해 있기 때문이다.

알리그르 시장이 세워진 것은 1779년, 우리나라에서는 사도 세자의 아들인 정조가 개혁 군주로 등장한 때이다. 에밀 졸라가 『파리의 위장Le Ventre de Paris』이라는 걸출한 작품으로 파리 제1의 시장이었던 레알Les Halles 시장을 예찬한 19세기에 알리그르 시장은 명실공히 '파리의 두 번째 위장胃腸'이었다. 시청에서 분소까지 설치하며 직접 관리할 만큼 레알 시장과 어깨를 겨룬 큰 상설 시장이었던 것이다.

레알 시장은 이미 역사 속으로 사라졌지만, 다행히 알리그르 시장은 지금도 여전히 건재하다. 파리의 시장들은 대개 일주일에 두어 번만 요일을 정해 열리는데 알리그르 시장은 월요일을 제외하고 매일 열리는 파리 유일의 상설 시장이다. 경영 효율을 위해서라면 뭐든지 아웃소싱하는 시대답게 요즘은 파리 시에서 위탁받은 전문 업체들이 시장을 관리·감독한다. 그러니까 공식적으로 캉탱은 알리그르 시장을 관리하는 업체에 소속된 직원인 셈이다. 그렇지만 캉탱을 일개 직원으로 소개하는 것은 온당치 못하다. 그는 알리그르 시

장의 단 하나뿐인 플라시에placier이기 때문이다.

프랑스인들도 이 직함을 들으면 어리둥절해하는데, 플라시에는 자리를 뜻하는 플라스place라는 단어에서 유래했다. 이름 그대로 시장 상인들에게 자리를 정해주고 세를 받으면서 동시에 시장의 자잘한 문제를 해결해주는 종합 관리인이다. 다들 알다시피 '목'이 좋으면 저절로 돈이 따라온다고 할 만큼 장사에서는 목이 중요하다. 그런 만큼 자리를 지정해주는 플라시에의 위세는 대단했다.

"무슈 포미에? 그 양반은 말도 마."

알리그르 시장에서 40년 넘게 장사해온 몇몇 토박이 상인들은 아직도 예전 플라시에들의 부정한 작태를 생생하게 기억하고 있다. 매일 상인들이 챙겨 주는 채소, 과일, 고기를 양손 가득 들고 퇴근하거나 심지어 뒷돈을 챙겨 브르타뉴에 큰 저택을 산 플라시에도 있었다고 한다. 이 말을 전하는 순간에도 마치 어제 일처럼 분통을 터트리는 걸 보면, 그들이 얼마나 전횡을 휘둘렀을지 짐작이 간다. 모든 절차가 문서로 투명하게 공개되는 지금은 그런 일을 상상하기 힘들지만 말이다.

알리그르 시장의 지휘자 캉탱은 매일 오전 7시에 사무실에 당도하는 것으로 근무를 시작한다. 트럭에서 그날 팔 물건을 내리는 상인들 사이로 휘적휘적 걷는 캉탱은 새벽시장에 나타난 다스 베이더 같다. 두툼한 검정 외투에 당장 산이라도 오를 수 있을 만큼 밑창이 두꺼운 신발, 털모자에 얼굴 가리개까지, 오전 근무의 대부분이 난방이 안 되는 시장을 둘러보는 것이니 겨울에는 완전 무장이 필수다.

오전 8시 정각, 캉탱은 열쇠 꾸러미를 짤랑거리며 마르셰 보보Marché Beauvau의 철문 여섯 개를 차례로 연다. 지휘자가 지휘봉을 치켜들어 공연의 시작을 알리듯 그는 철문을 밀어젖히는 힘찬 동작으로 알리그르 시장이라는 오케스트라를 깨운다. 예전에 그의 선배들은 아직도 마르셰 보보 바깥에 버젓이 걸려 있는 종을 치는 것으로 한층 장엄하게 의식을 거행했다. 그러나 요즘에 그 큰 종을 쳤다가는 온 동네 주민들의 달콤한 새벽잠을 일시에 깨우고 말 것이다.

1779년에 지어진 목조 건물 안에 들어선 마르셰 보보는 알리그르 시장 안의 작은 자치 왕국이다. 반들반들한 상품을 보면 금세 알아챌 수 있듯이 이 근방을 통틀어 가장 비싸고 질 좋은 식재료를 취급하는 알짜배기 가게 18개가 모여 있다. 가게 주인들은 상인연합회를 꾸려 연례행사 장식부터 시식, 홍보 행사까지 자체적으로 기획하고 집행한다.

특히 크리스마스 장식은 매우 요란하다는 점에서 한 번쯤 구경해볼 만하다. 각양각색의 장식품, 전구, 반짝이와 더불어 중앙에 아직도 남아 있는 수돗가를 온통 뒤덮을 정도로 큰 크리스마스트리가 등장한다. 바깥의 좌판과는 다르게 마르셰 보보 왕국에는 상인용 공동 화장실과 사무실은 물론 물을 쓸 수 있는 개수대와 자체 전기 시설, 눈에 띄지 않게 배치된 작은 창고까지 갖추고 있다.

마르셰 보보에서 캉탱이 가장 신경 쓰는 것은 뭐니 뭐니 해도 화재다. 245년이나 된 목조 건물은 불씨를 애타게 기다리는 거대한 장작더미나 다름없다. 시장 내부에서는 조리 도구를 일절 사용하지 못하도록 금지하는 등 나름의 대비책을 강구해놓고 있지만 그래도 잊을 만하면 화재가 난다.

특히 2015년의 화재는 신문 1면에 대서특필될 만큼 큰 난리였다. 상인들이 모두 각자의 여름 바캉스를 꿈꾸던 7월 초, 전기 합선으로 시작된 화재는 3세기 동안 끄떡없던 지붕으로 번졌다. 지붕의 일부가 와르르 무너져 내리는 바람에 아르두앙-랑글레 치즈 가게는 잔해에 깔려 온데간데없이 사라져다. 같은 열의 이탈리아 식품점과 닭집, 소시지 가게는 소방대원들이 뿌려댄 물줄기를 뒤집어썼다. 다행히 시장이 문을 닫는 월요일 아침이라 아무도 다치지 않았지만 마르셰 보보는 3개월간 문을 닫아야 했다. 그 사태로 무려 75명이 여름 내내 실직 상태로 지냈다.

"어휴, 보험 서류만 트럭 한 대 분량이었다고!"

아르두앙-랑글레 치즈 가게의 주인 아르두앙 씨는 지금도 그 화재 이야기만 나오면 손을 휘휘 내젓는다.


재빨리 마르셰 보보의 전기 계량기를 훑어본 캉탱은 알리그르 가로 나선다. 마르셰 보보와 알리그르 광장을 가운데 두고 양옆으로 펼쳐져 있는 알리그르 가에는 매일 오전마다 50여 개의 좌판이 빼곡하게 들어선다. 오로지 채소와 과일, 꽃만 팔 수 있는 알리그르 가의 좌판은 평균 월세가 300유로 정도로 파리의 다른 시장에 비해 놀랍도록 저렴하다. 하지만 하늘 아래 공짜는 없는 자본주의 세상이다. 이토록 싼 데에는 다 이유가 있다.

알리그르 시장의 좌판 상인들은 지붕을 세울 기둥을 비롯해 천막, 좌판용 판자와 다리 등 좌판에 필요한 온갖 시설물을 직접 가져와서 설치해야 한다. 그리고 매일 시장 영업이 끝나는 오후 2시가 되면 칼같이 철거해야 하는 것은 물론이다. 관리 감독을 맡은 업체에서 천막을 쳐주고 시설물도 빌려주는 다른 시장에 비해 품과 공이 몇 배는 더 든다. 짐은 또 얼마나 많은지! 제일 작은 4평짜리 좌판을 세우는 데도 철제 기둥과 천막, 판자부터 가격을 써놓는 칠판, 상품을 돋보이게 해줄 바구니, 좌판에 까는 천, 색색의 램프까지 이삿짐이나 다름없다. 그래서 대부분의 상인들은 남은 상품과 시설물을 보관해둘 창고가 필요한데, 시장이 파리 시내에 있다 보니 코딱지만 한 창고를 빌리는 데에도 입이 떡 벌어질 만한 월세를 내야 한다.

캉탱은 알리그르 가를 천천히 걸어 내려가면서 상인들이 이제 막 꾸며놓은 좌판을 하나하나 눈여겨본다. "프랑스는 시장도 예뻐요!" 아침 일찍부터 시장 어귀에 모습을 드러낸 관광객들은 연신 사진을 찍으며 감탄하기 바쁘다. 아닌 게 아니라 양옆으로 좌판들이 나란히 자리 잡은 시장은 굉장히 예쁘다. 그렇지만 다들 알다시피 세상에 저절로 예쁜 것은 별로 없다. 하다못해 꽃 한 송이도 정성껏 가꾸어야 예쁜 봉오리를 맺는다.

프랑스 관리들은 개인의 권리와 자유를 우선시하는 사회에서 어떻게 하면 질서와 통일성을 지킬 수 있는가에 통달했다. 모두 쉴 새 없는 시위와 파업, 전쟁 덕분이다. 전 세계 공무원들의 부러움을 살 만한 그들의 비결은 단 한 줄의 모호함도 없는 세밀한 규정이다. 건물 높이부터 바깥 테라스 모양까지 세세하게 규제한 덕분에 파리가 조화로운 아름다움을 자랑할 수 있는 것과 같은 이치다.

관광객들은 지극히 파리다운 건축물의 하모니를 동경의 눈빛으로 바라보면서 동시에 30도가 넘는데도 에어컨이 나오지 않는 파리의 식당과 카페를 매우 의아하게 생각한다. 프랑스인들은 너무 구두쇠라 에어컨을 사지 않는 걸까? 하지만 이것은 하나만 알고 둘은 모르는 것이다.

고풍스러운 건물과 에어컨은 새와 고양이처럼 양립할 수 없는 사이다. 벽에 구멍을 내고 실외기를 바깥에 매다는 순간 파리의 멋진 건물들은 끝장난다. 그러니 멋모르고 에어컨을 설치했다가는 당장 원상 복구를 명령하는 문서를 받게 된다. 이웃들의 눈총과 함께 엄청난 벌금 고지서는 덤이다. 다들 예찬하는 파리의 멋진 풍경 뒤에는 선풍기로 더위를 쫓는 파리지엔들의 고통이 있음을 알아야 한다! 그리고 그 덕분에 파리는 오늘도 파리로 남을

수 있다.

알리그르 시장 역시 마찬가지다. 이 시장에는 좌판 크기부터 천막 높이까지 모든 것을 문서화해 놓은 규약이 있다. 가령 천막 높이는 1미터 80센티다. 10센티만 낮아도 안 된다. 온갖 시행령, 법규, 규약이 난무하고 그마저도 너무 자주 바뀌는 바람에 법을 제대로 모르는 경찰관들이 조롱거리가 되는 프랑스지만 알리그르 시장에서는 그럴 염려가 없다. 이 시장의 모든 상인들이 기꺼이 경찰관이 되어 서로를 지켜보고 있으니까.

캉탱은 K씨가 운영하는 좌판 앞에서 발걸음을 멈춘다. 무심히 지나치는 것 같아도 다 보고 있다! 그는 매의 눈으로 좌판 뒤에 쳐진 불투명한 비닐을 재빨리 포착한다. 좌판 뒤쪽의 가게들이 눈에 잘 띄도록 좌판을 가려서는 안 되는 것도 규약 중 하나다. 캉탱은 망고나 바나나 다발을 진열하면서 평소보다 몇 배는 바쁜 척하는 K씨를 붙들고 찬찬히 이야기를 건넨다. 여간 매섭지 않은 새벽 칼바람을 막아보려고 그랬다는 K씨의 간절한 하소연을 지겨워하지 않고 듣는 것도 그의 업무다. 천막이 우리 쪽으로 넘어왔네, 장사에 방해가 되네, 손님을 채갔네…. 온갖 이유로 벌어지는 상인들 간의

말다툼을 중재해야 할 때도 있다.

걸걸하고 목소리가 큰 상인들의 싸움보다 더 골치 아픈 문제는 툭하면 말썽을 일으키는 전기다. 좌판의 상인들은 보도에 설치된 전기 단자에 코드를 연결해 전기를 끌어다 쓰는데 좌판 개수에 비해 용량이 턱없이 부족하다. 좌판을 밝히는 램프와 전기 저울 외에는 전기를 쓰지 못하게 되어 있는데도 빈번히 차단기가 내려간다. 추위를 참지 못하고 누군가 몰래 작은 열풍기라도 켰다가는 당장 사달이 난다.

그렇다면 용량을 늘리면 되지 않느냐고? 여기는 보도블록 하나를 까는 데에도 6개월이 걸리는 프랑스다. 땅속에 묻어놓은 전기선을 증설하겠다고 공사를 벌이면 당장 시장 상인들은 어디로 간단 말인가! 알리그르 시장뿐 아니라 파리의 다른 시장도 마찬가지다. 오죽하면 플라시에가 되기 위해서는 반드시 전기공 수업을 이수해야 할까.

캉탱은 바닥에 가득 쌓인 채소와 과일 상자를 요령껏 피해 가며 전기 단자를 점검하면서 동시에 허가 없이 펼친 좌판을 적발하는 일도 한다. 알리그르 시장에서 과일·채소 좌판을 깔기 위해서는 파리 시의 허가가 필요하다. 좌판 허가를 받기 위해서는 자기소개서와 보험증은 기본이고, 이런 게

도대체 왜 필요할까 싶은 온갖 서류와 무한한 인내심까지 겸 비해야 한다. 그래서인지 알리그르 시장의 좌판 상인들 중 에는 유독 이민자들이 많다. 절실하다는 점에서 이민자들을 능가할 수 있는 파리지엔은 거의 없기 때문이다. 게다가 그 들 주변에는 목 좋은 자리 같은 중요 정보를 나눠줄 친구, 형 제, 삼촌들이 포진해 있다. 제일 목 좋은 자리를 차지하고 있 는 부나비 가족은 좌판이 무려 5개나 된다. 삼촌, 고모, 이모 까지…, 알고 보면 시장 속에는 촘촘한 인맥의 거미줄이 숨 어 있다.

캉탱은 마지막으로 알리그르 광장의 벼룩시장을 돌아본 다. 역사가 깊은 다른 벼룩시장도 그렇듯이 알리그르 벼룩시 장 역시 동네 주민들의 물물 교환터로 출발했다. 전문적인 골동품상들의 치열한 전쟁터가 된 여타의 벼룩시장과는 달 리 알리그르 벼룩시장은 예나 지금이나 실질적으로 달라지 지 않았다. 싱크대 구석에서 먼지를 뒤집어쓰고 있는 냄비와 접시, 안장이 터진 의자, 오래된 잡지와 낡아 빠진 책, 유행이 지난 옷들은 여전히 이 광장의 주인공들이다. 수집용 골동 품이 아니라 생활 밀착형 잡동사니를 취급한다는 점에서 알리그르 벼룩시장은 동네 주민들의 열렬한 환영을 받는다. 타르트 틀부터 시간을 때울 추리 소설까지 무엇이든 구할 수 있을뿐더러 이 모든 게 단돈 몇 유로 안에서 해결된다!

알리그르 광장은 이리저리 폴짝거리는 메뚜기처럼 허가 없이 끼어드는 잡상인들이 유독 자주 출몰하는 장소이기도 하다. 꾸러미를 들고 다니다가 빈자리만 보이면 어디든 물건들을 차르륵 펼쳐놓는 잡상인들은 주로 쓰레기통이나 재활용 수거함에서 찾아낸 물품들을 판다. 그중에는 어느 집에서 털어 왔나 싶은 수상쩍은 물건들도 있다. 그렇지만 알 게 뭔가! 출처를 알 수 없다는 점에서는 벼룩시장 물건도 마찬가지다. 잡상인들이 많이 나타나는 주말이면 알리그르 광장에는 쫓고 쫓기는 추격전이 벌어진다. 상인들의 신고를 받은 경찰들이 자전거를 타고 들이닥치면 잡상인들은 사자에게 쫓기는 가젤 떼처럼 눈 깜빡할 사이에 보따리를 접어 들고 모습을 감춘다. 그럼에도 불구하고 분명 다음 주에도 그다음 주에도 슬그머니 나타나겠지만.

오전의 시장 순찰을 마친 캉탱은 사무실로 들어오자마자 난방기에 손을 녹인다. 사무실에는 전임자와 전 전임자 그리고 전전 전임자들이 쓰던 커다란 19세기풍 나무 책상이 있다. 작은 정리함이 달린 책상 뒷부분을 문 쪽으로 돌려놓고 작은 프랑스 국기를 올려놓아 관공서 민원실 같은 분위기가 난다.

오전 10시가 넘어가면 이 사무실을 진정한 민원실로 바꿔주는 주인공들이 문을 두드린다. 신청서를 손에 쥔 행상들이다. 상인들이 휴가를 간 빈자리에서 잠시 동안 장사를 하고 싶어 하는 행상들을 상대하다 보면 어김없이 마르셰 보보의 마감 시간인 오후 1시가 돌아온다.

캉탱은 다시 오전에 했던 것처럼 문을 닫아 건다. 아, 이렇게 오늘의 공연은 막을 내렸다. 다들 수고하셨습니다. 캉탱이 사무실 문을 닫는 시간은 오후 2시. 이른 퇴근이다.

"그게 이 직업의 가장 좋은 점이랍니다."

그렇게 말하며 알리그르 시장의 오케스트라 지휘자는 빙그레 웃었다.

# 영덕 대게와 마요네즈

생선 가게, 마레 보보
La Marée Beauvau

처음 우리나라의 마트에 갔을 때 남편은 굴 봉지를 가리키며 외쳤다. "이게 뭐야?" 그건 의문이라기보다 비명에 가까웠다. 식당에서 헤어롤을 말고 태연히 밥을 먹는 아줌마를 발견했을 때나 꿈틀거리는 산낙지가 식탁 위에 올라왔을 때도 이 정도로 놀라지는 않았다.

프랑스인들에게 굴이 어떤 존재인가는 파리의 해산물 전문 식당에 가보면 알 수 있다. 주름 하나 없이 다린 하얀 리넨 식탁보와 냅킨, 반짝반짝 빛나는 얼음 탑처럼 줄지어 선 와인 잔들, 말끔하게 닦여 얼굴이 비치는 포크. 딱 봐도 마음 편하게 갈 수 있는 대중식당은 아니다. 나이가 지긋한 웨이터가 정중하게 의자를 빼주고 가죽으로 겉장을 두른 메뉴판과 함께 두툼한 와인 리스트가 따로 나오는 고급 식당이다.

굴을 주문하면, 너무 호들갑스러운 게 아닌가 싶은 쟁반이 등장한다. 웨이터는 손님을 기쁘게 하려는 의도가 섞인 다소 과장된 동작으로 쟁반을 살짝 숙여 선보인다. 마치 이제 막 사교계에 데뷔한 아가씨를 소개해주는 듯한 제스처다. 쟁반 위에는 잘게 부순 얼음 위에 석화가 그림처럼 올려져 있다. 백설 공주를 둘러싼 일곱 난쟁이처럼 에샬로트를 다져 넣은 레드 와인 식초 종지와 손가락으로 즙을 내기 쉽도록 작게 자른 레몬, 도자기 단지에 담긴 버터와 노릇노릇하게 구운 토스트 한 바구니, 레몬을 동동 띄운 핑거볼이 줄줄이 따라 나온다. 다른 음식들처럼 그냥 테이블에 놓기에는 너무나 귀중하다는 듯 웨이터는 눈높이의 받침대 위에 사뿐히 굴 쟁반을 올려놓고 사라진다.

굴을 먹는 행위를 특별한 의식으로 격상시킨 이들은 19세기의 에티켓 북 저자들이었다. 에티켓 북은 최대한 멋을 부

려 차려입고 파리의 유명 레스토랑을 제집처럼 들락거리는 것이 일상이던 부르주아들에게 귀족의 매너를 가르치기 위해 출판된 책이다. 믿기지 않겠지만 에티켓 북 저자들은 굴 먹는 방식을 상세하게 설명하는 데 과감히 수십 페이지를 할애했다.

일단 굴은 엄지와 중지로 잡는 것이 좋다. 그래야 손가락이 가장 우아한 곡선을 그릴 테니까. 작은 숟가락으로 와인 식초를 떠서 뿌리고 레몬을 짜는 동작은 살짝 권태로워야 한다. 식전에 굴 몇 개쯤 먹는 건 일상이라는 듯 나른하고 심드렁한 자세가 좋다. 둥글고 통통한 굴 포크로 살짝 아랫부분을 떠서 호로록 입 안에 굴을 넣을 때는 소리를 내서는 안 된다. 굴 아래 고인 짭짤한 즙이 입술을 촉촉이 적시도록 껍질을 살짝 기울이는 것이 좋다. 마지막으로 레몬을 동동 띄운 은제 핑거볼에 손가락을 씻는다. 이때는 식사를 마쳤다는 확실한 신호를 주기 위해 다소 과장되게 손가락을 부비는 것이 포인트다.

굴을 먹는 게 아니라 굴 광고를 찍는 게 아닌가 싶을 정도로 과장된 매뉴얼이다. 그러나 일반인들은 평생 가야 한 번도 구경하기 힘든 굴을 먹으며 자신의 신분과 위치, 문화적 수준을 뽐내야 하는 부르주아들에게는 너무나 요긴한 조언이었다.

프랑스에서 굴이라고 하면 모두 껍질 달린 석화다. 철자에 R이 들어간 달, 그러니까 9월부터 4월까지만 굴을 먹는 관습 그대로 찬바람이 불면 마레 보보의 주인 세드릭은 직접 브르타뉴와 노르망디의 생산자들로부터 들여온 굴 상자를 펼쳐놓는다. 나의 단골 생선 가게인 마레 보보는 마르셰 보보 안에서도 앞으로는 닭집, 옆으로는 정육점과 마주 보고 있는 요지에 자리 잡고 있다. 마르셰 보보에 발을 디디면 필연적으로 마레 보보의 예술적이고 아름다운 진열대 앞을 지나가게 된다는 뜻이다.

아버지에게 가게의 전권을 물려받은 지 얼마 되지 않은 세드릭은 젊지만 무려 5대째 내려온 생선 가게의 운영 노하우를 야무지게 배웠다. 매일 아침 그는 절의 안마당을 싹싹 쓸고 가꾸는 동자승처럼 진열대를 완벽하게 꾸민다. 계산대 옆 그러니까 눈에 가장 잘 띄는 진열대는 '오늘의 생선' 코너다. 그날그날 가장 비싸고 신선한 생선들이 올라가는 명예의 전당에는 귀족적인 생선인 가자미 일족과 킬로그램당 40유로

에 육박하는 아구, 낚시로 잡은 자연산 농어가 놓여 있다. 생선은 다채롭게 보이도록 흰살 생선 옆에 등 푸른 생선, 또 그 옆에 빨간 생선을 놓는 식으로 진열한다. 마치 바닷속을 헤엄치는 물고기 떼처럼 위쪽을 향해 부채꼴이 되도록 정렬하고, 조개를 비롯한 해산물은 큰 바구니에 톱밥을 깔아 흘러넘치듯 담는다. 어디를 봐도 풍성하고 싱싱한 마레 보보의 정물화는 환상적이라는 점에서 식재료 동화책 같다.

신선한 바닷바람 냄새가 풍기는 굴은 나무 상자에 차곡차곡 담아 이름과 원산지를 적은 칠판을 달고 맛과 특성에 대한 설명을 곁들인다. 무게별로 0번부터 5번까지 번호를 붙여 파는데 숫자가 작을수록 크고 무겁다. 옆에서 지켜보면 프랑스인들은 대략 2번부터 4번까지 너무 작지도 크지도 않은 굴을 선호하는 듯하다.

노르망디, 브르타뉴와 대서양 연안의 마렌-올레롱, 아르카숑 등 굴을 양식하는 동네마다 내세우는 유명 품종들이 있다. 껍질이 둥그스름하고 평평해서 가리비처럼 보이는 브르타뉴의 블롱Belon, 뒤집힌 삼각형 모양에 아래 껍질이 그릇처럼 깊고 큰 마렌의 지야르도Gillardeau도 유명하지만 가장 쉽게 접할 수 있는 품종은 핀 드 클레르Fine de Claire다. 마네가 그

Palourdes

2 Kg
12

Moules de Bouchot

N°3
Fines de Claires
Label Rouge
ÉLEVÉ EN FRANCE    CRASSOSTREA GIGAS

Huître fine
et pas Salée

a dz    14,00 €

N°2
Fines de Cla
CRASSOSTREA GIGAS
ÉLEVÉ EN FRANCE

a dz    17,00 €

린 정물화 속 쟁반에 놓여 있는 굴처럼 굴 하면 딱 떠오르는 모양과 색깔을 자랑한다.

운송업과 양식업의 발달로 굴을 먹는 게 그다지 어려운 일이 아닌 요즘에도 프랑스인들에게 굴은 일상의 음식이라고는 할 수 없다. 여론 조사에 따르면 대부분의 프랑스인들은 축제와 만찬의 시즌인 연말 연초에 굴을 먹는다고 한다. 연말에는 굴뿐 아니라 바닷가재, 딱새우, 랍스터, 새우, 소라 등을 층층이 쌓은 해산물 모둠이 불티나게 팔린다. 물론 이것 역시 예술적으로 쌓아야 한다!

평소 마레 보보에는 주문을 받고 생선을 다듬어주는 직원이 8명 정도 되는데 연말이 되면 사촌과 아르바이트생까지 동원되어 일시에 16명으로 늘어난다. 작은 생선 가게치고는 정말 많은 인원인데도 세드릭은 태연히 굴을 까 스티로폼 접시에 얼음을 깔고 예쁘게 세팅해 리본까지 묶으려면 그 정도는 있어야 하지 않겠느냐고 되묻는다. 작은 마요네즈 종지를 조개 아래 콕 박고 굴을 종류별로 층층이 올린다. 빨간 랍스터의 집게발은 시선이 머무는 위치에 놓고, 마지막으로 거한 리본을 달아 특별함을 더한다.

젠체하는 부르주아의 식사는 아닐지라도 이렇게 완성된

해산물 모듬 한 접시는 참 근사하다. 고풍스러운 대리석 벽난로가 타닥타닥 타오르는 살롱에서 푹신한 안락의자에 앉아 마시는 홍차처럼 굴과 해산물을 먹는다는 것은 작고도 특별한 사치다. 크리스마스가 되면 우리 시어머니는 은쟁반을 꺼내 길쭉하고 오목한 껍질 안에 살진 알맹이가 은은한 광택을 띠는 핀 드 클레르를 차려낸다. 그러니 대한민국의 마트에서 생전 처음으로 비닐봉지에 가득 든 알맹이 굴을 발견한 남편은 경악할 수밖에 없었던 것이다. 그는 믿기지 않는다는 듯 굴 봉지 앞을 떠나지 못했다. 엄청난 자산가인 데다 보석 수집이 취미인 고모를 노숙자 쉼터에서 딱 맞닥뜨리게 된 조카처럼 아찔하고도 황당한 심정이 아니었을까?

우아하고 세련되게 굴을 먹을 줄 아는 프랑스인들이지만 한여름 바다를 헤엄치다 보면 '참, 먹을 줄 모르는군' 하는 탄식이 절로 나온다. 모자반, 청각, 톳, 파래, 미역, 해삼, 성게, 거북손이 여기저기 보이지만 아무도 관심이 없다. 그나마 요즘에는 사정이 나아졌다. 세드릭에 따르면 먹거리의 유행에 집착하는 파리지엔들 사이에서 성게나 함초, 모자반이 소심하게 인기를 끌기 시작했다고 한다. 그러나 이 역시 일상적인 식재료는 아니다. 먹는 것보다 먹지 않는 게 더 많다고 할 정도로 해산물에 관한 한 프랑스인은 입이 짧다.

"프랑스인은 빵, 치즈, 고기면 끝이야."

생선 가게 주인인 세드릭조차도 이렇게 단언할 정도다. 그걸 알면서도 이 와중에 5대째 생선 장사를 해오다니 대단하다. 특히 파리지엔들은 뼈가 붙은 생선을 제대로 먹을 줄 모른다. 머리도 껍질도 가시도 없이 손질된 연어 토막이나 대구포, 미리 조리해 놓은 생선가스는 늘 인기다.

해산물이 일상적인 식재료가 되지 못한 데에는 가격도 한몫한다. 생선을 비롯한 해산물은 고기보다 월등히 비싸다. 비단 프랑스만 그런 게 아니다. 문어 샐러드만 먹고 살 것 같은 그리스에서도, 유럽에서는 유일하게 생새우를 먹는 이탈리아에서도 마찬가지다. 바다와는 거리가 먼 독일은 말할 것도 없고 지중해 연안 어디에서나 해산물과 생선은 고기보다 귀한 대접을 받는다. 삼면이 바다인 데다 제철 생선이 즐비해서 봄에는 도다리 쑥국을, 겨울에는 대방어회를 외치는 우리나라와는 사뭇 다른 풍경이다.

유학 초기에 딸을 보러 온 엄마와 브뤼셀식 홍합 요리 전문점에 간 적이 있었다. 홍합에 와인과 크림, 치즈를 넣은 홍

Tourteau Cuit

CANCER PAGURUS

PÊCHE EN ATLANTIQUE    CANCER PAGURUS    TECHNIQUE DE PÊCHE
ZONE

9    CUIT M MSON

1 kg    2680    €

PÊCHE
FRANÇAISE

langoustine Crue

PÊCHE EN ATLANTIQUE    NEPHROPS NORVEGICUS
ZONE F.A.O.
10

1 kg    44,80    €    TECHNIQUE DE PÊCHE

합 스튜와 감자튀김으로 유명한 식당이었다. 빨간 체크무늬 식탁보가 앙증맞게 깔린 식당에서 메뉴판을 받아 든 엄마는 혀를 끌끌 찼다. 과메기와 대게의 본향인 포항에서 자란 엄마에게 삶은 홍합이란 포장마차에서나 내주는 기본 안주에 불과했다. 아무리 와인과 치즈를 넣었다고 한들 삶은 홍합을 이 가격에 팔다니…. 가이드북에 단골로 실릴 만큼 유명한 곳이라 손님이 바글바글했는데 엄마는 테이블을 꽉 채운 손님들을 자못 안쓰러운 눈빛으로 바라보았다.

"고작 삶은 홍합을 먹겠다고 이렇게 모여든 거야? 프랑스는 맛의 나라라더니."

엄마는 실망을 금치 못했다.

기후 변화로 인한 어획량 감소와 널뛰는 국제 유가 소식이 연일 뉴스에 오르는 요즘에는 상황이 한층 심각해졌다. "예전에 고등어 한 마리가 10프랑이었다면 지금은 10유로라고 생각하면 됩니다." 생선을 팔고 있지만 세드릭에게도 날로 오르는 생선 가격은 경악스럽다. 지금처럼 유로가 쓰이기 전 프랑스에서는 프랑 단위를 사용했는데 지금의 1유로는 대략 6.55프랑이다. 그러니까 유로 시대가 시작된 2002년부터 지금까지 고등어 가격은 6.55배나 오른 셈이다.

생선 가게는 우리나라와 프랑스의 물가 차이를 가장 아찔하게 체감할 수 있는 곳이다. "아니, 이게 오징어 가격이에요?" 1킬로그램에 30유로를 육박하는 오징어 가격에 화들짝 놀란다. 농어도, 연어도, 가자미도 뭐 하나 만만한 게 없다. 한때 감자와 함께 유럽인들을 먹여 살렸다는 대구는 금값이 된 지 오래다. 요즘 식당에서 염장한 대구를 으깬 감자와 함께 오븐에 구운 그라탱 요리인 브랑다드 드 모뤼brandade de morue를 주문하면 감자만 수북하다. 그럴 만하다! 대서양 주변의 대구는 씨가 말랐다. 포르투갈 사람들의 삼시 세끼를 책임졌다는 대구 요리 바칼라우는 더 이상 소박한 서민 요리가 아니다! 요즘 대구는 밸런타인데이 특선 메뉴에 등장하는 로맨틱하고도 귀한 몸이 되었다.

마르세유의 상징인 부야베스 역시 마찬가지다. 원래 부야베스는 그럴듯한 생선을 사지 못하는 서민들이 바닷가 돌 틈에 사는 잡어들을 잡아 우르르 끓여 먹던 생선 스튜였다. 하지만 오늘날 부야베스는 어떤가. 마르세유에서도 몇 남지 않은 부야베스 전문점에 가면 까만 조끼를 차려입은 웨이터가 고급스러운 쟁반에 생선을 받쳐 들고 나타난다. 손님들은 보석을 소개하듯 하나하나 선보이는 생선을 휴대폰으로 찍느라 바쁘다. 크고 육중한 포슬린 단지에서 은 국자로 신중하게 국물을 떠 줄 때면 숨이 멎을 지경이다. 단 한 방울도 흘려서는 안 될 정도로 귀중한 국물이 아닌가! 요즘 부야베스는 마르세유 사람들도 큰맘 먹고 주문하는 고급 요리다.

대구의 일종인 리외 누아Lieu noir나 소금에 절인 대구를 삶거나 찌고, 컬리플라워와 당근, 감자, 병아리콩 등을 쪄서 곁들여 아이올리 소스에 찍어 먹는, 그야말로 세상에서 제일 간단한 요리인 아이올리Aïoli도 몸값이 많이 올랐다. 아이올리는 요리 이름이기도 하지만 마늘을 듬뿍 넣은 프로방스식 마요네즈 이름이기도 하다. 프랑스인들 중에는 마요네즈 없이는 새우나 게, 랑구스틴, 랍스터 등을 못 먹는 줄 아는 사람이 많다.


난생처음 집채만 한 대게 모형이 달린 신기한 다리를 지나 대게의 도시, 영덕에 입성한 남편도 그랬다. 수조에서 유유히 헤엄치는 광어와 물총을 쏘아대는 오징어 군단, 고무 대야가 어항이라도 되는 듯 들어앉은 온갖 이름 모를 물고기들, 생김새만으로도 단박에 시선을 끄는 멍게와 해삼…. 남편은 아쿠아리움에 방문한 어린아이처럼 눈이 휘둥그레졌다. 단 한 번도 시장에서 살아 있는 물고기를 본 적이 없는 남편에게 한국의 수산시장은 공짜로 관람이 가능한 대형 아쿠아리움이자 살아 있는 어류 사전이나 다름없었다.

그 신기하고 별난 수많은 해산물 중에서 남편이 가장 먹어보고 싶어 했던 것은 딱 봐도 맛있어 보이는 대게였다. 사위 사랑은 장모라는 말 그대로 엄마는 돈 아까워하지 않고 긴 다리를 탁탁 치며 신경질을 부리는 대게를 넉넉하게 주문했다. 고기잡이배와 방파제가 훤히 내려다보이는 식당에서 대게찜을 기다리는 동안 남편의 기대감은 한없이 부풀었다.

"대게는 살이 입에서 살살 녹는다고. 드디어 진짜 게살을 먹는 거야."

영덕 대게를 좋아하는 아빠는 사위에게 소주를 권하며 나오지도 않은 대게 맛을 자랑했다. 드디어 큰 쟁반 위에 위풍당당하게 올라앉은 대게 군단이 테이블에 놓이자 남편은 두리번거리며 무엇인가를 찾았다. 대게가 나오자마자 환호성을 지르며 게살을 아구아구 입에 넣는 장면을 기대했던 엄마와 아빠는 반찬으로 나온 메추리알과 멸치볶음 사이를 정처 없이 오가는 사위의 눈길을 보고 뭔가 잘못되었음을 직감했다.

"마요네즈는?" 남편은 예의에 어긋날까 봐 차마 크게 말하지는 못하고 나에게 소곤소곤 속삭였다. 단 하나뿐인 사위가 하필 마요네즈 없이는 게를 못 먹는 프랑스인이라는 걸 그제야 알게 된 엄마와 아빠의 반응은 딱 한마디였다.

"마요네즈라꼬?"

엄마는 테이블 구석에 부착된 벨을 힘차게 눌렀다. 마요네즈쯤은 있을지도 몰라. 벨 소리를 듣고 빠른 걸음으로 나타난 식당 주인아줌마의 반응도 마찬가지였다. 식당 구석에서 텔레비전을 보며 마늘을 까던 종업원들과 무슨 일인가 싶어 주방에서 빼죽이 고개를 내민 주방장까지 모두 깜짝 놀라 외쳤다.

"마요네즈라꼬예?"

영덕의 식당에서는 모든 이들의 놀란 시선을 한 몸에 받으며 슈퍼마켓으로 달려가 사 온 마요네즈로 만족했지만, 남편이 생선이나 갑각류를 먹을 때 가장 좋아하는 소스는 집에서 만든 아이올리다. 탱글탱글하고 진한 노란색이 선명한 달걀노른자에 조심스럽게 올리브오일을 흘려가며 되직해질 때까지 오래오래 젓는다. 마요네즈가 완성되면 다진 마늘을 듬뿍 넣고 후추를 착착 뿌린다. 간단한 것 같아도 의외로 잘 만들기 어렵다. 언젠가 크리스마스 만찬에 이름만 아이올리인 요상한 덩어리를 내놓아 아들에게 잔소리를 들은 시어머니처럼 말이다. 물론 시어머니는 고작 아이올리 따위로 호들갑을 떠는 아들의 입을 냅킨을 집어 던져 막아버렸다.

유럽에 사는 한국 사람들과는 처음 만나도 어쩐지 남 같지 않은 동지 의식을 공유하게 된다. 특히 우리를 하나로 묶어주는 단단한 끈은 돌림 노래처럼 끝없이 되풀이되는 한국 음식 타령이다. 시원하고 슴슴한 평양냉면, 맵싸하고 아삭한 김치, 길거리 포장마차의 쫀득한 떡볶이와 함께 가장 그리운 한국 음식으로 입에 오르내리는 것은 멍게, 해삼, 전복, 새우 같은 해산물과 싱싱한 활어회다.

나는 생선이 그리워지면 마레 보보로 간다. 다행히 일식을 좋아하는 사람들이 늘어나면서 아예 '사시미용'이라고 크게 써 붙여 놓은 연어와 참치를 살 수 있다. 어쩌다 보니 이곳에 오래 살아서 이제는 우리 할머니가 고추장을 발라가며 구워주던 가자미 유장 구이만큼이나 남편의 특선인 가자미 버터구이를 좋아하게 되었다.

겨울이면 르누아르의 그림 속 여인들의 속살처럼 하얗고

부드러운 베샤멜소스를 넣은 관자 그라탱을, 여름이면 생참치에 토마토와 사과를 썰어 넣고 타르타르를 해 먹는다. 봄에는 메를랑<sup>merlan</sup>(대구의 일종)과 도미, 여름에는 튀르보<sup>turbot</sup>(넙치), 가을에는 농어, 겨울에는 아구, 계절마다 달라지는 생선과 해산물을 챙겨 먹을 줄도 알게 되었다. 난생처음 보는 생선이 보이면 세드릭에게 요리법을 물어본다. 생선의 이름부터 어울리는 소스까지 말해주는 친절한 생선 박사가 있어서 얼마나 다행인지.

그렇지만 그래도 그리움은 남는다. 고백하자면 나는 짭조름한 바다와 펄떡이는 물고기들이 그리울 때마다 서울 서촌 안주마을의 인스타그램을 종종 들여다본다. 동해 대방어회, 통영 생멸치회, 남해 한치 통구이, 여수 미나리 낙지볶음, 제주 연자돔(꽃돔) 구이, 묵호항 참가자미, 여수 바지락살 전, 신안 병어회 세꼬시… 그리고 한라산 소주. 그립고 그리운 맛. 마요네즈를 외치는 남편은 모르는, 핑거볼에 손가락을 씻으며 깔끔을 떠는 프랑스인들은 모르는 진짜 바다의 맛이 메뉴판을 타고 흘러내린다.

# 트라디를 사세요

빵집, 레미
Boulangerie Rémy

얌전한 고양이처럼 집 앞을 지키고 있던 단골 빵집이 돌연 공사에 들어갔다. 주인이 바뀐 것이다.

"새 주인은 어떤 사람이래요?"

"체인점이 들어오는 거 아니에요?"

동네 사람들은 공사 중인 빵집을 심란하게 흘겨보며 술렁거렸다. 그나저나 어디 가서 빵을 사지? 평소에는 발걸음하지 않던 낯선 빵집에 다녀온 남편은 괜스레 심통을 부렸다.

지금 이 동네에는 그와 같은 사람이 한둘이 아닐 테지. 단골 빵집이 문을 닫는 바람에 졸지에 둥지를 빼앗기고 낯선 빵집을 떠돌며 불평을 터뜨릴 동네 사람들의 얼굴이 떠올랐다.

그들은 매일 빵을 먹고, 빵 없이는 살 수 없는 사람들이다. 시계추처럼 단골 빵집을 오가던 일상에 폭탄이 떨어진 기분일 테다. 간혹 프랑스인들은 정말로 매일 빵을 먹느냐고 신기하다는 듯 물어보는 이들이 있다. 프랑스인의 빵은 우리의 밥이다. 꼭 밥이 없어도 되는 메뉴를 차려놓고도 왠지 밥이 없으면 슬쩍 불안해져서 햇반이라도 준비하는 우리나라 사람들처럼 프랑스인들도 그렇다. 집에 빵이 없으면 안정이 안 되는 것이다.

프랑스, 그중에서도 제빵사들의 도시로 유명한 파리라면 당연히 모든 빵집이 맛있을 거라고 지레짐작하는 사람들이 많다. 아닌 게 아니라 인터넷에서는 "어딜 가도 맛있어요!!" 같은 의심스러운 경험담이 넘쳐난다. 대개 이런 경험담은 자신의 파리 여행을 보다 멋들어지게 채색하고자 하는 열의와 자랑이 바탕에 깔려 있다. 즉 솔직하고 객관적인 후기를 기대하기는 어렵다는 말이다. 파리 생활자로서 단언컨대 실상은 그렇지 않다!

요즘 파리에서 직접 반죽을 하고 아침마다 오븐에 불을 붙여 따끈한 빵을 구워내는 빵집은 생각보다 매우 적다. 프랑스 제빵업계 역시 능률과 경제성, 채산성을 최고의 가치로 추구하는 산업화의 바람을 비켜 가지 못했다. 심지어 고전적인 유리 장식에 오래된 나무 진열대까지 외관만은 50년도 넘어 보이는 동네의 어떤 빵집은 아예 주방이 없다. 스무 가지가 넘는 온갖 발효 빵에 나무 상자에 넣어 눈이 튀어나올 가격을 붙여 놓은 '황금 곡물빵'만 보면 이곳이 바로 빵의 성지구나 싶다. 하지만 실상은 그 어떤 빵도 가게에서 만들지 않고, 반죽을 받아 오븐에 굽기만 하는 체인점이다.

체인점은 오래도록 견고하게 유지되어 내려온 제빵업계의 전문 영역마저 일시에 무너트렸다. 원래는 식사 빵을 만드는 블랑제리boulangerie와 케이크와 구움 과자를 담당하는 파티스리patisserie, 크루아상으로 대표되는 파이류를 만드는 비에누아즈리viennoiserie가 엄연히 각자의 전문 영역을 사수하고 있었다. 그러나 블랑제리에서는 식사용 빵을, 파티스리에서는 케이크를 팔던 시대는 이미 오래전에 끝났다. 요즘은 백여 가지가 넘는 빵, 과자, 케이크를 망라한 제과 백화점이 대세다.

이런 집들은 인테리어도 다들 비슷하다. 세련된 조명, 번쩍이는 금색 쇼케이스에 족히 백 년은 넘어 보이는 나무 계산대에 바구니를 늘어놓는다. 어느 곳이나 보석처럼 줄지어 선 케이크와 예술적으로 쌓아둔 크루아상을 판다. 그러나 보이는 것과는 달리 이 모든 것들은 파리 외곽의 공장에서 트럭에 실려 배달된다. 빵의 나라 프랑스에서조차 매일 제빵사가 밀가루를 풀풀 날리며 반죽기를 돌려 아기 궁둥이 같은 반죽을 만들고 오븐에 불을 붙여 새벽같이 빵을 구워내는 빵집을 찾기란 쉽지 않은 일이다.

산뜻한 하늘색 차양에 반짝반짝한 흰색 타일로 단장한 빵집 레미가 드디어 문을 연 날, 퇴근길에 들러 트라디<sup>tradi</sup>를 사 온 남편은 어깨를 으쓱하며 말했다.

"새 빵집에서는 바게트 대신 트라디만 판대!"

"뭐라고? 세상에나."

흔히 프랑스 하면 바게트를 떠올리지만 그것은 베레모를 쓴 화가처럼 현실과는 거리가 먼 가공의 이미지일 뿐이다. 요즘 프랑스인들에게 빵집의 수준을 가늠할 수 있는 기준은

바게트가 아니라 트라디다. 원래 이름인 바게트 트라디시옹 baguette tradition을 줄여 트라디라고 부르는데 이름부터 바게트와 혼동하기 딱 좋다. 바게트면 바게트지 전통 바게트는 또 뭐람. 게다가 모양도 비슷하다. 둘 다 길쭉한 막대기 모양에 칼집이 나 있다. 겉으로 봐서는 별 차이가 없는 트라디와 바게트를 나란히 놓고 파는 빵집이 많아서 혼란은 더욱 가중된다.

하지만 '전통'이라는 명사는 그냥 덧붙인 게 아니다. 트라디는 1950년대부터 시작된 빵집의 현대화, 즉 냉동 반죽을 배달 받아 굽기만 하는 빵집과 공장제 체인점이 점점 늘어나면서 바게트 맛이 현저히 떨어지는 아찔한 상황에 저항하고자 했던 양심 있는 제빵사들에 의해 태어났다. 맛과 전통에 관한 것이라면 무엇이든 문서화하고 법으로 만들어 보호하는 데 사력을 다하는 프랑스인들은 역시나 트라디에 관한 법령도 만들어냈다.

1993년에 만들어진 법령에 따라 트라디는 오로지 물과 밀가루, 효모, 소금만으로 만든다. '전통'이라는 자랑스러운 이름을 붙이기 위해서는 반죽과 굽기 역시 판매 현장에서 이루어져야 한다. 그래서 공장제 반죽을 쓰는 체인점이나 대형

마트에서는 트라디를 팔지 않는다. 반면 바게트는 법령의 제한을 받지 않아 첨가제를 넣을 수도 있고, 냉동 반죽을 써도 상관없다. 또한 빵집에서 직접 굽지 않아도 된다. 건드리자마자 산산조각 나는 밀가루 덩어리에 바게트라는 이름을 붙여 팔아도 아무런 제재를 받지 않는 것이다!

종종 빵집에서 얼굴에 설레는 기색이 역력한 관광객들을 마주친다. '봉주르'를 외치며 빵을 사는 프랑스인의 일상을 체험해보려는 이들이다. 나도 한때는 그랬다. 나의 서툰 프랑스어를 찰떡같이 알아듣고 따끈따끈한 빵을 손에 쥐어주었을 때의 기쁨이란! 그런데 그 관광객들은 한결같이 바게트만 산다. 그게 아니라 트라디를 사야 한다고, 이게 진짜라고 참견하고 싶은 때가 얼마나 많은지 모른다. 그렇지만 오지랖 넓은 아줌마가 되지 않기 위해 꾹욱 참는다. 애써 모른 척하지만 정말 정말 말해주고 싶다.

"트라디를 사세요."


빵집 레미에서 바게트 대신 트라디만 판다는 소식은 동네에 잔잔한 파문을 일으켰다. 프랑스에서 빵은 그 어떤 먹거리보다 가격 저항이 거센 품목이다. 프랑스 혁명 초기 파리지엔들이 노숙을 해가며 베르사유까지 행진해 루이 16세를 끌어냈던 직접적인 계기도 바로 빵값 폭등이 아닌가. '빵이 아니면 죽음을 달라!'는 구호는 프랑스 혁명 내내 입에서 입으로 전해지며 혁명 정신을 달구었다. 먹는 것만큼 절실한 문제가 어디 있는가. 부자든 가난한 자든, 귀족이든 평민이든 모든 이가 똑같이 먹을 수 있는 빵, 80센티미터에 250그램짜리 바게트는 그렇게 태어났다. 프랑스 혁명이 발발한 지 무려 2세기가 지났지만 여전히 프랑스인의 삶에서 가장 기본적인 빵인 바게트의 가격은 신문지상에 오르내릴 만큼 민감한 문제다.

트라디는 '전통'이라는 명사가 붙은 대가로 어딜 가나 바게트보다 살짝 비싸다. 대략 40상팀(약 600원) 정도 차이가 난다. 월급 빼고 다 오르는 인플레이션 시대에 40상팀은 그다지 큰돈이라고는 할 수 없다. 거리에서 구걸하는 이도 40상팀을 받으면 실망하는 표정을 지을 것이다. 하지만 빵집에서의 40상팀은 마치 40유로라도 되는 듯 일대 난리가 벌어진다. 늘 그렇듯 줄을 서면서 동전을 세어 카운터에 딱 올려놓았는데 바게트 대신 트라디만 판다고? 40상팀을 더 내야 한다고? 이럴 수는 없지! 다들 배신이라도 당한 듯 분한 얼굴이다. 그래서 바게트 없이 오직 트라디만을 판다는 빵집 레미의 결정은 손님이 떨어질 것을 각오한 파격적인 행보였다. 과연 새 빵집이 얼마나 갈까? 동네 사람들은 이 빵집의 운명을 놓고 저울질에 들어갔다.

그러나 모두의 예상을 뒤엎고 레미는 금세 자리를 잡았다. 이유는 간단했다. 40상팀의 차이를 잊게 할 만큼 맛있었기 때문이다. 노릇노릇한 껍질은 손가락으로 힘주어 누르면 얇은 실금이 갈 정도로 적당히 바삭하고 적당히 딱딱하다. 귀퉁이를 살짝 깨물면 너무 하얗지도 너무 노랗지도 않은 트라디만의 속살이 삐죽 고개를 내민다. 오븐의 열기가 쑥쑥 빠진 성글성글한 구멍 사이로 공기가 꽉 들어찬 속살은 쫄깃하고 짭짤하다. 오래 사용한 칼처럼 손안에 착 감기는 트라디는 너무 무겁지도 너무 가볍지도 않은 고유의 중량감을 갖고 있다. 빵이 숨을 쉬고 있는 것처럼 손바닥에서 따끈따끈한 온기가 전해진다. 조린 과일부터 햄까지 무엇을 올려 먹어도 궁합이 좋은 트라디, 매일 먹어도 질리지 않는 제대로 된 트라디다.

레미에서는 마음씨 좋은 시골 삼촌처럼 무던하고 반듯한 트라디 외에도 혼자 사는 이를 위해 크기를 줄인 미니 빵도 판다. 계산대 옆 바구니에 담긴 미니 빵을 보면 안 사고는 못 배긴다. 브리 치즈를 두툼하게 잘라 올리면 맛있는 호두빵과 무화과빵, 와인 한 잔에 안주로도 좋은 검은 올리브빵, 매운 소시지인 초리조 조각이 톡톡 씹히는 초리조빵을 외면하기는 어렵다. 늦게 가면 다 떨어져 사지 못하는 시골빵은 또 어떻고. 두툼하게 잘라 양파 수프에 올린 다음 그뤼예르 치즈를 듬뿍 갈아 올려 오븐에 녹여 먹기에 이만한 빵이 없다. 바람에 물결치는 노란 밀밭이 절로 떠오르는 시큼하고 담백한 맛이다.

레미는 바게트로 일등상을 거머쥐었다는 플래카드를 보란 듯이 걸어놓는 유명 빵집은 아니다. 사실 파리 거리를 다니다 보면 이렇게 홍보하는 빵집을 생각보다 많이 볼 수 있는데 그 많은 빵집이 다 일등상을 받았다는 말인가 싶을 때가 있다. 주말마다 프랑스 전역에서 수많은 바게트와 크루아상 경진 대회가 열리는 게 틀림없다.

레미는 예전에는 프랑스 어디에서나 볼 수 있었던 빵집, 그래서 지금은 오히려 귀해진 평범한 빵집이다. 일찍 깨어버린 새벽에 창밖을 내다보면 매장보다 두 배는 큰 레미 빵집의 주방에 불이 켜진 것을 볼 수 있다. 새벽 4시, 요란한 소리

를 내며 돌아가는 반죽기 앞에는 물랭 드 샤르<sup>Moulins de Chars</sup>의 로고가 새겨진 밀가루 포대들이 착착 쌓여 있다. 파리 근교에서 경작한 유기농 밀을 전통 방식으로 제분한 샤르 방앗간의 밀가루는 일반 밀가루보다 비싸지만 포기할 수 없는 자존심이다. 빵 맛을 좌우하는 것은 역시 밀가루니까.

새벽 5시가 되면 어제 반죽해 밤새 발효를 마친 반죽들이 냉장고에서 줄줄이 나온다. 분배기로 딱딱 정량에 맞게 자른 풍신한 반죽은 모양을 잡아주는 리넨 틀 안에서 길쭉한 트라디 특유의 모양으로 성형된다. 오븐이 활활 타오르고 사방에서 타이머 소리가 울린다. 트라디, 옥수수빵, 시골빵, 식빵… 온갖 빵들이 시간에 맞춰 쏟아져 나올 때쯤이면 거리에는 갓 구운 빵 냄새가 떠돈다. 이 냄새에 저항할 수 있는 사람은 별로 없다. 바삐 출근하던 이들도 잠시 걸음을 멈추는 바람에 빵집 앞에는 삽시간에 긴 줄이 생긴다.

빵집 이름이 레미라서 당연히 카운터를 지키고 선 주인의 이름이겠거니 했는데 알고 보니 가게 주인의 이름은 뱅상이었다. 뱅상의 아버지인 레미 씨는 세상을 떠날 때까지 주민이 채 5백 명이 안 되는 시골 마을의 단 하나뿐인 빵집 주인이었다. 하필 빵집 아들이라는 운명을 타고난 바람에 뱅상 삼 형제는 학교가 쉬는 수요일에도 늦잠을 자지 못하고 새벽같이 일어나 아버지의 일을 도와야 했다. 냉장고도 전기 오븐도 없던 시절, 그날 팔 빵 반죽을 꼼짝없이 새벽에 만들어야 했던 아버지 레미 씨는 매일 새벽 1시에 작업을 시작했다. 큰형은 오븐에 들어갈 장작을 나르고 둘째 형은 밀가루를 섞고, 엄마는 카운터에서 빵을 팔고, 그렇게 온 가족이 매달려 빵집을 운영했다.

빵집 아궁이에서 태어나서일까? 너무 힘들게 일하는 아버지를 보고 자라서 절대 제빵사는 되지 않을 거라고 다짐했는데 어쩌다 보니 삼 형제 모두 빵집 주인이 되었다고 말하며 뱅상은 수줍게 웃었다. 역시 산다는 건 모를 일이다. 다른 일을 하다가 뒤늦게 제빵에 합류한 뱅상이 아버지의 이름을 딴 레미 빵집을 열던 날, 올해로 아흔네 살이 된 뱅상의 어머니는 유리창에 곱게 적힌 남편의 이름을 보며 감격했다고 한다. 이름 없는 시골 제빵사였던 남편의 이름이 무려 파리의 빵집에 걸리다니!!

그래서인지 레미 빵집은 어딘가 옛날 시골 빵집 같은 구석이 있다. 일단 언젠가부터 파리의 빵집 카운터를 점령한 기계가 없다. 돈을 넣으면 자동으로 거스름돈이 나오는 무뚝뚝한 검정 기계 말이다. 거스름돈을 챙겨 주는 번거로움이 없어졌으니 편리하기는 하다. 다들 이 편리함에 무릎을 꿇는 바람에 이제는 기계 없는 빵집을 찾아보기가 힘들 정도다. 하지만 파란 형광 불빛이 쉴 새 없이 깜빡이며 '돈 내고 얼른 사라져'라는 메시지를 던지는 기계의 등장으로 빵집 카운터에서 오가던 대화는 일시에 사라져버렸다.

빵집에서 얼마나 많은 이야기가 오갈 수 있는지를 알고 싶으면 레미에 들르면 된다. 수다에 관해서는 세계 최고의 능력을 가진 프랑스인들답게 줄을 서고, 카운터 너머로 빵을 주문하고, 값을 치르고 거스름돈을 챙겨 주는 시간, 그러니까 손님이 없을 때는 1분 만에 끝나는 그 짧은 순간에도 날씨부터 개인사까지 많은 이야기가 오간다. 심지어 어떤 손님은 손지갑에서 동전을 꺼내 하나씩 세면서 수다 시간을 몇 배로 늘리는 신공을 발휘한다.

그 덕분에 뱅상은 예전에 그의 아버지가 그랬듯이 동네 누구네 집의 고양이가 가출했는지, 누가 아픈지, 누가 개를 들였는지, 누가 집을 파는지, 누가 어디로 바캉스를 떠났는지 등 동네 주민들의 삶을 꿰뚫고 있다. 동네에서 벌어지는 모든 소소한 사건 사고는 아무리 늦어도 하루면 빵집 계산대 앞에 도달한다. 때로는 당사자가 직접 나타나 생생하게 사건을 증언해주기도 한다.

"그러니까 밤 열 시쯤 유리창 깨지는 소리를 들었다고요. 나는 그때 텔레비전을 보고 있었는데…."

누군가 건너편 가게의 유리창을 깨는 장면을 목격하고 날쌔게 경찰에 신고했다는 할머니는 침을 삼켜가며 박진감 넘치는 상황을 묘사하느라 정신이 없다. 물을 튕기며 날아오르는 물고기 떼처럼 살아 숨 쉬는 말들이 빵집에 활기를 불어넣을 때면 프랑스에서 가장 복잡하고 큰 도시 파리는 일시에 작은 시골 마을이 된다. 매일 카운터 뒤에서 그날그날 똑같은 얼굴을 맞이하면서 싸락눈처럼 조금씩 조금씩 친근감이 쌓인다. 몇 시에 빵을 사러 오는지, 아이가 있는지, 어떤 빵을 좋아하는지… 수많은 개인의 역사가 빵집 계산대 위를 스쳐간다.

내가 빵집에 가는 시간은 저녁 6시쯤이다. 갓 구운 트라디가 나오는 시간이다. 뱅상은 내 얼굴을 보자마자 주방 뒤편의 오븐에서 갓 나온 트라디를 집게로 들어 보여준다. 우리 집의 취향은 너무 구워지지도, 덜 구워지지도 않은, 딱 맛있

게 구워진 트라디다. 가끔은 수프를 적셔 먹기 위해 겉면이 바싹 구워진 트라디를 살 때도 있다. 거스름돈을 받으며 나는 내내 비만 오는 거지 같은 날씨와 감기의 유행과 끝없이 치솟는 물가를 한탄한다. 뱅상은 6개월마다 그만두는 점원들과 끝 간 데 없이 오르는 전기세에 대해 불평을 늘어놓으면서도 잊지 않고 새로 출시된 시나몬롤의 맛을 자랑한다.

빵집의 문을 나서자마자 손바닥 가득 포근한 온기가 전해지는 트라디의 귀퉁이를 콕 깨문다. 바삭 소리와 함께 딱딱한 껍질이 부서져 입 안으로 들어온다. 이곳이 프랑스라서 만날 수 있는 작지만 확실한 행복이다. 그러니 나에게 가장 프랑스적인 장소는 루브르 박물관이나 에펠탑이 아니다. 그곳은 오늘도 새벽 4시에 불을 밝히는 동네 빵집 레미다.

# 푸주한의 특별 레시피

정육점, 메종 기냐르
Maison Guignard

진열대 너머로 파스칼은 거대한 양의 어깻죽지를 아기처럼 안고 손님이 잘 볼 수 있도록 요리조리 돌려 보인다. 진열대 옆으로 나란히 줄을 서서 차례를 기다리던 사람들의 시선이 일시에 양고기에 모였다가 맞은편에 선 아저씨의 얼굴에 떨어진다. 파스칼도, 줄을 선 사람들도 안경을 추켜올리며 양고기를 뜯어보는 주문자의 표정을 살핀다.

"오, 트레비앙! 엑스트라."

아무리 좋아도 나쁘지 않다는 정도로 시큰둥하게 말하는 게 보통인 프랑스에서 여간해서는 들을 수 없는 극상의 찬사다. 얼굴 가득 만족한 웃음이 떠오르는 표정이 박수라도 칠 기세다. 계산서를 받아 든 아저씨는 춤이라도 추듯 빙글 몸을 돌려 계산대로 향한다. 자, 다음 분!

파스칼은 정육점 메종 기냐르에서 가장 오래 일한 푸주한이다. 메종 기냐르는 마르세 보보에서 가장 목 좋은 자리를 차지하고 있는 정육점이다. 여러 명의 푸주한들이 동시에 손님을 상대하며 고기를 자르고, 부수고, 말고 묶는 역동적인 장면이 펼쳐지는 고기의 전당이라 할 수 있다. 지극히 프랑스적인 곳이라 할 수 있는 정육점은 얌전히 손질되어 랩으로 포장된 고기에 익숙한 사람들에게는 다소 충격적인 장소일지도 모르겠다.

메종 기냐르에서는 고기를 먹는다는 게 죽은 짐승을 먹는 행위라는 걸 굳이 감추려 하지 않는다. 다들 알지만 별로 말하고 싶지 않은 진실을 거침없이 면전에 들이댄다. 얼마나 칼질을 당했는지 여기저기가 움푹 팬 작업대 위에는 목이 댕강 잘린 새끼 양이 통째로 줄줄이 걸려 있다. 대체 소는 얼마나

큰지 새삼 놀라게 되는 거대한 소고기 덩어리들이 꼬챙이에
매달려 있고 붉은색이 선명한 내장과 묘한 표정을 짓고 있는
돼지머리가 버젓이 진열되어 있다. 내 식탁에 오르는 고기가
얼마 전까지만 해도 풀을 밟고 석양을 보면서 살아 숨 쉬던
동물의 살과 피라는 사실을 아찔하게 실감하는 순간이다.

분명 농장과는 거리가 먼 도시인임에도 주변 프랑스인들
은 마당에 돌아다니는 닭을 휙 잡아 수프를 끓이는 게 일상
이라는 듯 태연하다. 어깨나 허벅지, 뒷다리 같은, 동물의 생
김새가 숨김없이 드러나는 크고 거친 부위를 많이 먹어서일
까? 아니면 노골적인 정육점의 풍경에 익숙해져서? 그들은
은쟁반에 올려놓은 송아지 콩팥이나 간에도 전혀 동요하지
않는다. '엑셀랑스exellence(최고상)' 같은 위엄 있는 단어들이
새겨진 농업 박람회의 그랑프리 메달이나 총천연색 팸플릿,
갈비 덩어리들이 조각처럼 전시된 으리으리한 쇼케이스 따
위에도 현혹되지 않는다. 오로지 파슬리와 마늘을 듬뿍 다
져 넣은 소시지와 하얗고 빨간 순대, 햄 덩어리, 2센티 두께
의 지방이 붙은 돼지고기와 살이 쫀쫀해 보이는 소고기를
요모조모 뜯어보는 데 집중한다.

"봉주르 리."

Rillons

€ 19,80 kg

눈이 마주치자 파스칼은 손을 들어 인사를 건넨다. 누가 이렇게 푸주한의 친절한 인사를 받나 싶어 줄을 서서 기다리던 몇몇 사람들이 슬쩍 내 얼굴을 돌아본다. 프랑스의 정육점에서 푸주한은 고유한 영역을 가진 전문가의 권위를 아낌없이 누린다. 나무 도마와 여러 종류의 칼을 줄줄이 늘어놓고 우뚝 서 있는 모습은 그 자체만으로도 카리스마가 넘친다. 일요일이면 옆집 치즈 가게까지 줄이 늘어서는데도 어렵게 예약한 전문의를 보러 간 환자처럼 다들 얌전히 차례를 기다린다.

가지 꼭지가 시들었네, 딸기가 맛있어 보이지 않네, 다른 상인들에게는 이렇게 대놓고 불평을 늘어놓는 할머니들도 푸주한 앞에 서면 말투가 공손해진다. 기름이 찰지게 붙은 돼지고기를 긴 포크로 콱 찍어 들어 보이는 푸주한 앞에서 약간의 콧소리와 웃음을 섞어 동의를 표할 때면 애교를 부리는 게 아닌가 싶을 정도다. 그래서인지 파스칼은 상당한 기분파다. 들쑥날쑥한 그의 컨디션에 따라 손님들은 그날그날 다른 대접을 받게 된다. 그럼에도 유독 파스칼을 찾는다. 왜 그럴까? 파스칼이 한쪽에만 어깨끈이 달린 섹시한 푸주한 전용 앞치마를 두르고 있어서? 아니면 잘 벼린 칼을 종류별로 휘둘러서?

여하튼 이 정육점을 찾은 이들은 죄다 파스칼의 다정한 인사를 받고 싶어 한다. 본인은 인정하지 않지만 내 남편도 마찬가지다. 그는 결혼 전부터 이 동네에 살면서 나보다 오래 메종 기냐르를 드나들었다. 거의 십 년 넘게 보았을 텐데도 파스칼은 단 한 번도 남편의 이름을 물어보지 않았다. 늘 적당한 거리감이 느껴지는 '봉주르'만 던지는 것으로 보아 자기를 알아보지도 못하는 것 같다며 분통을 터트린다. "너는 매일 정육점에 가니까"라면서 남편은 애써 질투심을 숨기려 하지만 소용없다.

텔레비전만 틀면 하루 다섯 가지의 채소와 과일을 먹자는 보건복지부의 캠페인이 나오고 채식주의자들을 위한 요리 잡지가 쏟아져 나오지만 프랑스 요리의 기본은 여전히 고기다. 대부분의 프랑스인에게 채소 요리란 본격적인 식사를 위해 입맛을 돋우는 전식이나 고기에 곁들이는 들러리에 불과하다. 전통 프랑스식 식단에서 생채소만 넣은 샐러드는 당당한 요리 대접을 못 받는다. 치즈와 함께 입가심으로나 등장하는데 그마저도 정찬 테이블에 샐러드가 오르는 일은 좀처럼 보기 어렵다. 카페나 식당에서 파는 식사용 샐러드에는 채소만으로는 안 된다는 듯 튀긴 베이컨과 볶은 오리고기, 구운 염소 치즈가 듬뿍 올라온다.

수십 명의 왕족들이 둘러앉아 저녁마다 셔벗으로 입가심을 해가며 자고새와 백조 수십 마리, 멧돼지 스튜와 로스트비프 등 한 끼에 웬만한 정육점 진열대를 통째로 먹어 치웠던 카트린 드 메디시스의 시대는 지나갔지만 여전히 프랑스인들은 고기를 많이 먹는다. 아무리 창의적인 채소 요리 코스가 인기라고 해도 손님을 대접하는 자리나 중요한 만찬에는 고기가 빠지지 않는다. 전식, 본식, 후식으로 나누어진 레스토랑 메뉴판에서도 고기 요리는 가장 중요한 자리를 차지할뿐더러 가장 긴 목록을 자랑한다.

가정식에서도 마찬가지다. 계절마다 빠짐없이 먹어야 하는 고기 요리가 있다. 채소를 넣은 송아지 스튜는 봄의 요리다. 봄에는 새끼 고기가 맛있으니까. 야외에서 식사하기 안성맞춤인 여름은 바비큐의 계절이다. 거대한 갈빗대가 붙은 코트 드 뵈프côte de bœuf(토마호크)를 장작불에 호기롭게 구워 먹는다. 찬바람이 불어오는 가을과 겨울에는 솥에서 오래 고기를 고아 벨벳처럼 부드럽고 진한 레드 와인이나 노랗고 향기로운 뱅 존<sup>Vin jaune</sup>으로 맛을 낸 스튜의 계절이다.

그러니 프랑스 가정식을 마스터하기 위해서는 반드시 고기 요리를 잘할 줄 알아야 한다. 익히는 정도에 따라 질감이 천차만별인 고기 요리는 쉬워 보이지만 생각보다 만만한 상대가 아니다. 나에게는 로스트비프가 그랬다. 일요일 점심 식탁을 근사하게 만들어줄 로스트비프, 먹음직스러운 초콜릿빛 겉면에 속은 아주 살짝만 익어 온기를 머금은 붉은 살을 고스란히 간직한 고깃덩어리. 칼로 썰면 육즙이 촉촉이 밴 속살이 종잇장처럼 떨어져 나오는 완벽한 로스트비프는 도대체 어떻게 만드는 걸까?

글로 모든 것을 배울 수 있다고 믿는 나는 유명하다는 요리책부터 인터넷에 흘러 다니는 별점 많은 레시피까지 온갖 방법을 다 시도해보았다. 고기를 실온에 미리 내놓고, 마늘과 올리브오일로 겉면을 마사지하고, 레스팅 시간을 바꿔보고…. 온갖 수선을 떨었지만 결과는 신통치 않았다. 너무 익어서 퍽퍽하거나 덜 익어서 질깃했다. 오븐에 넣은 다음에는 중간에 꺼내 잘라볼 수도 없으니 어휴, 답답해.

"일단 220도의 오븐에서 20분 정도 구운 뒤에 꺼내서 실을 풀고 소금을 뿌려. 180도로 온도를 낮춘 다음 다시 구워.

10분 정도? 그리고 꺼내서 5분 정도 뒀다가 썰면 되지."

노래라도 부르듯 파스칼은 숫자가 나올 때마다 집게손가락을 세워가며 눈에 힘을 주었다. 로스트비프가 어렵다는 나의 하소연에 파스칼은 어이가 없다는 듯 피식 웃더니 작은 눈을 치켜떴다. 중간에 고기를 꺼내야 한다고? 오븐 온도도 내리고? 처음 들어보는 방법이었다. 속는 셈 치고 파스칼의 말대로 한번 해보기로 했다. 결과는 놀랍게도 대성공이었다! 거금을 주고 산 수많은 셰프의 요리책들은 다 뭐란 말인가. 탄탄한 겉면과 부드러운 속살이라는 이중성을 온전히 지킨 로스트비프는 맛에 감탄하는 프랑스인들의 표현대로 손가락을 모두 모아 뾰족하게 만들어 입술에 대고 쪽 소리를 낼 만큼 맛있었다.

이 감격적인 순간을 놓칠 수 없었던 나는 사진을 수십 장 찍어 다음 날 파스칼에게 의기양양하게 자랑했다. 파스칼은 즙으로 지저분해진 접시와 눅진한 마늘, 직업상 늘 보기 마련인 고깃덩어리 사진을 보여주며 요란하게 감사를 표하는 우스꽝스러운 손님의 이름을 물었다. 그 뒤로 나는 파스칼이 이름을 불러주는 단골손님이 되었다.

프랑스의 정육점은 기본적으로 오더 메이드다. 미리 썰어둔 고기란 없다. 푸주한은 오로지 그 사람만을 위해 고기를 집도해주는 특전을 아낌없이 베푼다. 오늘날 분야를 막론하고 오더 메이드는 상당한 사치다. 오더 메이드 시계나 오더 메이드 슈트를 생각해보라. 이런 세상에서 나만을 위해 손질된 고기를 살 수 있다는 건 엄청난 일이다! 모든 존경받는 전문가들이 그러하듯 주문을 위한 대화는 짧지만 요점은 분명하다. 무엇을 만들 건지, 언제 먹을 건지, 얼마나 살 건지, 오븐에서 구울 건지, 솥에서 조릴 건지, 어떤 두께가 좋은지, 지방은 어느 정도로 남길 건지 등 파스칼은 간결하게 세부 사항을 물어보고 예리한 눈빛으로 진열대를 쭉 훑어본다.

고기가 정해지면 무게를 달고 손질에 들어간다. 파스칼이 고기를 손질하는 장면은 흡인력이 대단하다. 여러 종류의 칼과 도끼, 망치를 번개를 휘두르는 제우스인 양 시원하게 쓴다. 네모지고 납작한 도끼를 큰 갈빗대 사이에 박아 넣고 망치로 툭툭 쳐서 살을 발라내거나, 뼈 사이에서 지방이 촘촘히 박힌 등심을 칼로 도려내는 장면에서는 '브라보'를 외치고 싶을 정도다.

일을 너무 많이 해서 늘 부어 있는 두툼한 손과는 어울리

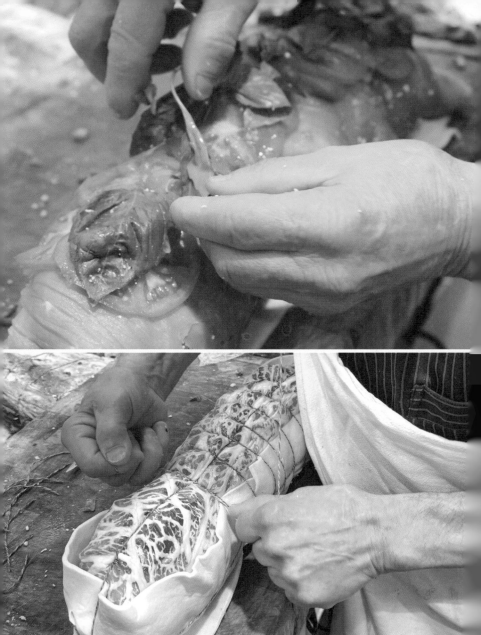

지 않는 섬세한 장면도 있다. 송아지 필렛을 주문하면 파스칼은 손바닥으로 진줏빛 광택이 나는 고깃덩어리를 누르면서 작은 칼로 재빨리 필렛을 저며 낸다. '종잇장처럼 얇게'를 외치면 필렛을 육중한 고기 망치로 펴주는데 자세히 보면 아무 데나 꽝꽝 때리는 게 아니다. 찢어지지 않고 일정한 두께로 만드는 데는 요령이 필요하다.

통통한 손가락을 재빨리 놀려 실로 로스트비프를 착착 묶는 장면은 언제 보아도 신기하다. 바깥 면을 하얀 지방으로 감싼 로스트비프가 도마 위에 놓여 있는 풍경은 17세기 네덜란드 화가들의 정물화 속 한 장면과 다를 바 없다. 매듭 하나하나가 일정한 데다 끝부분의 남은 실로는 예쁘게 리본을 만든다. 가장자리에 5센티가 넘는 하얀 지방이 붙어 있는 옛날식 돼지고기 스테이크는 구웠을 때 부채 모양으로 활짝 펴지도록 칼집을 넣어 뾰족뾰족한 모양으로 다듬어준다.

"봄에는 양고기를 먹어야지."

파스칼은 칼로 양고기를 가리킨다. 긴 뼈가 우아한 곡선을 그리도록 뼈 옆에 붙은 살을 칼로 훑어 내려 완벽하게 모양을 다듬은 프렌치 랙이다. 소스를 만들 때 쓰라고 잡뼈를 챙겨 주면서 파스칼은 눈을 찡긋하더니 레드 와인을 넣은 가장 간단하지만 맛있는 소스 만드는 법을 순식간에 풀어놓는다. 그러니까 구체적으로 어떻게 만드느냐고? 이 책에서 모든 것을 다 말하지는 않을 생각이다. 다만 나의 프랑스 요리 선생님인 파스칼의 특별 레시피는 오늘도 착착 쌓여가고 있다는 점만은 분명히 밝혀둔다.

# 채소와 과일의 절기집

## 알리그르 가의 채소 좌판들

복잡한 마음을 아름다운 말로 달래고 싶을 때면 나는 절기집을 편다. 11월, 눈이 내리기 시작하는 소설小雪은 '무지개가 걷혀서 나타나지 않는 달'이라고 한다. 반딧불이 날아다니는 6월을 보내고 나면 '천지가 쓸쓸해지는' 처서處暑가 온다. 어쩌자고 처서는 이름마저 구슬프게 들릴까. 나에게 절기집은 달력이라기보다 일종의 동화다. '뻐꾸기가 뽕나무에 내려앉는다'는 고운 문장을 보면 이런 글을 쓰지 못하는 내

처지를 한탄할 수밖에 없다.

이러다가 죽기 전에 지구가 망하겠다는 강렬한 예감이 뒤통수를 서늘하게 하는 기후 변화 때문만은 아니다. 도시에서 태어나 도시에서 자라고 지금껏 도시에서 살고 있는 나는 단 한 번도 봄비가 내리는 4월의 곡우穀雨에 '산비둘기가 깃을 터는' 모습을 보지 못했다. 그뿐인가. 눈이 녹기 시작하는 2월 중순의 우수雨水는 '수달이 물고기를 잡아다 늘어놓는' 달이라고 한다. 나는 싸락눈만 내려도 교외 전철이 멈춰 설 만큼 눈이 귀한 파리에서 수달 대신 지하철의 생쥐나 보는 신세다. 그러니 밤이 낮보다 길어지며 겨울의 시작을 알리는 추분秋分에 '땅속에서 잠을 자는 벌레들이 흙으로 창을 막는다'와 같은 문장은 절대로 쓰지 못한다. 그렇지만 나에게도 분명 절기는 있다. 나의 절기는 매일 드나드는 알리그르 시장의 채소·과일 좌판에서 온다.

겨우내 입던 코트와 스웨터가 지겨워지기 시작할 무렵 시장의 좌판 어딘가에 이른 봄의 첫 딸기가 살짝 얼굴을 내민다. 호릿하고 길쭉한 몸통에 위로 홀랑 뒤집힌 꼭지가 특징인 가리게트gariguette다. 이 딸기는 새침한 파리지엔 같다. 여리고

도도한 자태에 향기가 상큼하고 맛은 새콤하다. 가리게트 시즌은, 늘 수줍게 시작했다가 3차까지 가는 바람에 결국 모두 만취해버리는 회식처럼 요란하게 전개된다. 3월 말이 되면 시장에선 여기도 저기도 가리게트다. 가리게트를 듬뿍 쌓아 거품기로 부욱 올린 생크림에 찍어 먹으면 나도 모르게 한숨이 나온다. 아아, 진짜 봄이 오려나 봐.

4월에는 클레리clery가 나온다. 클레리는 볼이 빨갛고 통통한 시골 처녀 같은 딸기다. 건강하고 시원시원한 처녀의 팔뚝처럼 탄탄하고 야무지다. 가녀린 가리게트와 둥그스름한 클레리가 함께 놓인 모습을 보면 웃음이 난다. 세상에서 제일 어울리지 않는 두 처자는 그럼에도 사촌지간이다.

클레리와 가리게트가 한바탕 휩쓸고 간 시장에 5월이 오면 딸기 시즌의 마지막 주인공인 마라 데 부아mara des bois가 슬금슬금 모습을 드러낸다. '숲속의 마라'라는 로맨틱한 이름처럼 마라 데 부아는 숲속의 나무 둥치 밑에서 수줍게 자라는 야생 딸기에 가장 가깝다. 딸기 하면 딱 떠오르는 통통하고 둥근 열매에 5월의 신록을 닮은 초록 꼭지 그리고 무엇보다 한 사발만 식탁에 놓아둬도 온 부엌을 휘감는 향기가 일품이다.

봄날의 절정이라는 4월의 청명淸明이 오면 상인들은 하얗고 긴 크레파스 같은 화이트 아스파라거스를 다발로 묶어 여보란 듯 진열한다. 황금 모래톱이 대서양을 따라 길게 늘어진 랑드Landes의 모래밭에서 올해 싹을 틔운 녀석들이다. 나는 늘 전체가 눈부신 크림색인 화이트 아스파라거스보다 끝부분이 옅은 보라색으로 물든 녀석들에게 끌린다. 성급하게 모래톱 위로 삐죽 얼굴을 드러내는 바람에 봄의 햇살이 남긴 예쁜 볼터치가 좋다. 감자칼로 얇게 껍질을 벗겨내면 풀 향과 흙 향이 물씬 배어 나온다. 화이트 아스파라거스의 계절은 봄처럼 짧다. 일 년에 단 한 달, 4월뿐이다. 촉촉하게 물기가 오른 봄의 아스파라거스가 너무나 아까워서 껍질은 따로 모아 냉동했다가 리조토용 국물을 만드는 데 쓴다. 너무 자라 그리스 신전 기둥처럼 두툼해지는 5월의 화이트 아스파라거스는 억세고 향도 덜하다.

그렇지만 '실없이 가버리는' 화이트 아스파라거스의 봄날을 슬퍼할 겨를은 없다. 풋풋한 냄새가 풍기는 깍지를 열면 독수리 오 형제 같은 초록 알갱이들이 우스스 떨어지는 완두콩, 두 손이 뻐근하도록 꽉 차는 아티초크가 브르타뉴에서 실려 온다. 한국 사람이라면 다들 어떻게 먹는 거냐고 물

어보는 아티초크를 우리 집에서는 '뺑쟁이 채소'라고 부른
다. 푸욱 삶아 속잎의 아랫부분을 이빨로 긁어 먹는 아티초
크는 먹을 수 있는 부분이 전체의 10분의 1밖에 안 된다. 수
북하게 쌓인 잔해들을 치우면서 '아 정말 뺑쟁이야!' 하는 핀
잔을 날려준다.

화이트 아스파라거스가 떠난 자리를 충실히 채워주는 초
록 아스파라거스를 볶아 먹다 보면 일 년 중 내가 가장 기다
리는 계절, 여름이 온다. 여름이 오는 길은 또 얼마나 멋진지.
여름의 시작이라는 입하立夏를 지나 볕이 가장 잘 드는 날이
라는 소만小滿을 거치는 사이 센 강의 나무들은 초록으로 옷
을 갈아입는다. 가벼운 티셔츠를 꺼내 입고 풀밭에 누워 피
크닉을 즐기는 사람들 위로 따사로운 해가 내리쬔다. 태양열
집진식 전지처럼 해를 담뿍 받은 파리지엔들은 나날이 조금
씩 더 친절해진다. 해만 있으면 파리는 순식간에 로맨틱한
도시가 된다.

6월과 7월은 일 년 중 가장 화려한 시장 좌판을 볼 수 있
는 달이다. 내 것도 아니면서 이걸 좀 봐야 한다고 누구에게
나 자랑하고 싶을 정도다. 일 년에 단 한 번만 시장에 올 수

있다면 이때여야 한다. 여름의 여왕은 토마토다! 남다른 빛깔과 기운을 자랑하는 토마토는 여름 내내 좌판 한가운데를 차지한다. 검은 베일을 쓴 과부 같은 누아르 드 크리메noire de crimée, 초록색 얼룩말이라는 이름 그대로 싱그럽고 탄탄한 그린 제브라green zebra, 오렌지색 올리브를 닮은 올리빈 오랑주olivine orange, 이름 그대로 장밋빛인 로즈rose, 커다란 인도 고추를 닮은 코르뉘 데쟁드cornus des indes, 잘 익은 파인애플 같은 아나나ananas….

"내가 그의 이름을 불러주었을 때 그는 나에게로 와서 꽃이 되었다"고 했던 김춘수 시인의 시구는 정말이다. 토마토의 이름을 불러주는 것만으로도 삶이 풍요로워지는 기분이 든다. 토마토의 이름만으로도 시 한 편을 쓸 수 있을 것 같은 계절은 '소의 심장cœur de bœuf'과 '복주머니 토마토côtelée'로 절정을 맞이한다. 소의 심장이라니, 너무나 이상한 이름 같지만 딱 보면 누구나 알 수 있다. 위는 하트 모양이고 아래는 뾰족해서 정말 심장같이 생긴 토마토다. 복주머니 토마토는 꼭지 주변에 조글조글 주름이 잡혀서 복주머니처럼 손목에 걸고 다닐 수 있을 것 같다. 프랑스인들이 가장 좋아하는 토마토인 소의 심장과 복주머니는 손바닥 위에 올려놓기가 버거울 정도로 크고 두터운 속살을 가졌다. 이빨을 콕 박아 쭈욱 즙을 들이마시면 여름이 입 안에 들어온다. 작열하는 태양과 줄기차게 울어대는 매미, 청명한 물방울이 떨어지는 분수대, 끝없이 펼쳐져 괜히 울고 싶어지는 노란 해바라기밭, 마을 어귀마다 줄 선 자작나무, 이 모든 여름이 짭조름하고 달곰한 즙을 타고 물결친다.

얼음을 넣어 찰랑찰랑하는 로제 와인을 마시며 바질을 잔뜩 뿌린 토마토 샐러드를 먹고 나면 온갖 고난에도 지치지 않는 농부들이 일 년 내내 준비한 과일 바구니를 받아 들 차례다. 가뜩이나 뽐내기를 좋아하는 프랑스인들의 자국 농산물 사랑은 '우리 것이 좋은 것이여'를 외치는 우리의 신토불이 정신 못지않다. 특히 여름 과일들은 더 그렇다.

상인들은 대문짝만하게 적어 놓는 것도 모자라 별표에 형광 색지까지 동원해 원산지를 자랑한다. 카바용Cavaillon 멜론, 세레Céret의 뷔를라 체리, 바스크 지방의 블랙 체리, 루시용Roussillon의 살구, 프로방스의 복숭아…. 체리와 복숭아는 종류가 너무 많아서 좌판을 거의 다 차지할 정도다. 새콤달콤한 나폴레옹 체리와 숭덩숭덩 잘라서 화이트 와인에 담궈 놓으면 달콤한 향이 폴폴 나는 브뤼뇽Brugnon 복숭아, 마당에

걸어 놓는 작은 전등같이 반짝이는 랑베르탱Lambertin 살구를 장바구니에 담는다. 투명한 빨간색이라고밖에 표현할 수 없는 그로제유groseille(구즈베리)와 보들보들한 프랑부아즈, 보라색과 파란색이 절묘하게 섞인 미르티유myrtille(블루베리) 한 바구니도 끼워 넣는다. 터져 나오는 즙을 닦아가며 살이 고운 과일을 마음껏 먹을 수 있는 유일한 계절, 아아, 여름은 축복이다.

긴 여름 바캉스가 끝나고 다들 직장과 학교로 귀환하기 시작하는 8월 말이 되면 가을이 보낸 첫 번째 전령이 시장에 도착한다. 우리나라에 '일능이, 이송이, 삼표고'가 있는 것처럼 프랑스에도 버섯 삼인방이 있다. 나무 아래 앙증맞게 자라는 야생 버섯 하면 가장 먼저 떠오르는 세프cèpe(이탈리아에서는 포르치니라고 불린다) 버섯은 인공 재배가 되지 않는다. 게다가 기후 변화로 인한 가뭄이 되풀이되면서 요즘은 그야말로 귀하신 몸이 되었다. 바구니를 들고 숲에 들어가면 세프 버섯을 한가득 찾아낼 수 있었던 복된 시절은 끝난 것이다. 그래도 가을의 세프 버섯을 놓칠 수 없는 건 가을의 맛이라고밖에 부를 수 없는 향과 질감 때문이다. 겨울을 준비하는 전나무와 그 아래 큰 스커트처럼 쌓인 낙엽, 촉촉하게 젖은 흙, 벌써부터 코끝을 찡하게 만드는 새벽의 청신한 공기, 남쪽을 향해 가는 철새 떼 같은 가을을 농축시켜 버섯 모양으로 빚은 향과 맛, 그것이 바로 세프 버섯의 맛이다.

버섯 삼인방의 둘째인 지롤<sup>girolle</sup>은 손질하기가 무척 지랄맞아 이름이 지롤인가 싶을 정도다. 특유의 끈적한 진과 향으로 덮여 있는 지롤은 향이 날아갈세라 붓으로 살살 먼지만 털어낸다. 그렇지만 표면에 찰싹 붙어 있는 흙을 말끔하게 없애기란 불가능에 가깝다. 생으로 먹는 게 아니니 괜찮을 거라는 믿음을 가지고 파슬리를 참참 썰어서 후르륵 녹인 버터에 슬슬 볶기만 해도 맛있다. 지롤은 알고 보면 우리나라에서도 찾을 수 있다. 꾀꼬리버섯이라는 경쾌한 이름으로 불리는데 역시나 손질하기가 번거로워 잘 따지 않는다고 한다.

버섯 삼인방의 마지막 멤버인 '트롱페트 드 라 모르<sup>trompette de la mort</sup>'는 '죽은 자들의 트럼펫'이라는 흥미로운 이름을 가지고 있다. 뾰족한 밑동에 확 퍼지는 갓이 정말 트럼펫을 닮았다. 만성절 다음날인 11월 2일은 일명 '죽은 자의 날'인데 이즈음 가장 맛있는 버섯이라 이런 이름이 붙었다고 한다. '서민을 위한 트러플'이라는 별명이 붙을 정도로 향기로운 트롱페트 드 라 모르를 듬뿍 넣은 보드라운 오믈렛을 먹다 보면 가을이 발걸음을 끌며 사라지는 소리가 들리는 것 같다. 우리나라에서는 뿔나팔버섯으로 불린다고 한다.

　겨울의 시작인 입동立冬에서부터 일 년 중 가장 춥다는 대한大寒까지, 추위가 신발에 달라붙은 진흙처럼 끈덕지게 이어질 때도 시장의 절기는 멈추지 않는다. 총천연색으로 빛나는 여름 시장에 비하면 겨울 시장이란 초라하기 짝이 없다고 하는 이들도 있다. 그럴지도 모른다. 터질 듯한 토마토와 보기만 해도 상큼한 체리, 삐죽한 마음을 다독여준 살구는 이제 없다. 하지만 겨울에는 또 겨울만의 맛이 있다.
　우리나라에서도 찬바람이 불어야 맛있는 배추와 무가 나오는 것처럼 겨울 채소 좌판의 주인공은 온갖 종류의 나베navet와 슈chou다. 무의 서양 친척이라 할 수 있는 나베는 종류도 가지가지다. 둥글고 하얀 몸체에 보라색 수채화 물감을 풀어 놓은 듯한 블랑blanc, 버터 빵처럼 길쭉하고 두툼한 드미롱 드 크루아시demi-long de croissy, 검정 껍질을 벗기면 눈부신 하얀 속살이 나오는 누아noir, 그 무엇이든 나베는 어른의 채소다. 나베를 좋아하려면 혀뿌리에 와 닿는 쌉쌀함을 즐길 줄 알아야 한다. 색색의 나베 중에서도 나는 특히 불 도르 boule d'or를 가장 좋아한다. 회색빛 구름이 덮인 침침한 날씨에도 금빛으로 번쩍여서 이름도 불 도르, 즉 골든 볼이다. 크리스마스트리에 다는 장식처럼 앙증맞은 골든 볼을 보면 안 사고는 못 배긴다.

하나만 사도 몇 끼는 해결될 만큼 튼실하고 풍성한 슈도 종류가 많다. 보랏빛, 노란빛, 크림빛, 초록빛 등 색색깔의 눈깔사탕 같은 컬리플라워를 통째로 오븐에 구워 먹어도 좋고, 뾰족한 삼각뿔 모양의 로마네스크romanesque를 듬성듬성 잘라 수프를 끓여도 맛있다. 작달막하고 귀여운 슈 브뤼셀 choux bruxelles은 겉면을 태우듯 볶아서 단맛을 한껏 올린다. 분명 슈는 아니지만 슈의 일족처럼 생긴 엔다이브는 '브뤼셀의 진주'라는 별명 그대로 귀한 대접을 받는다. 상인들은 엔다이브를 고운 실크 종이로 감싼 박스에 담아 진열한다. 보랏빛 실크 종이 안에 나란히 줄지어 누운 엔다이브는 르네상스 시대의 미녀 같은 자태다. 어디 하나 모난 곳 없는 부드러운 몸 선, 은은한 광택이 도는 진줏빛 피부 그리고 끄트머리를 장식한 수줍은 노란색. 과연 고전적인 아름다움을 찬양한 19세기 프랑스인들이 열광했던 채소답다.

두터운 회색 구름이 해를 가리는 날들이 끝없이 이어지는 파리의 겨울에 시트러스가 있다는 것은 신의 축복이다. 아펜니노 산맥을 넘어 생전 처음 이탈리아의 남쪽에 당도했던 괴테가 『이탈리아 기행』에서 예찬했던 오렌지와 레몬, 나무에 달린 작은 태양 같은 열매들은 마음에 찬란한 등불을 켜준다. 귤보다 크기가 살짝 더 크고 향도 맛도 더 진한 만다린은 심지어 아찔한 형광 오렌지색이다. 핏빛 알갱이가 섬뜩한 오랑주 상긴$^{orange\ sanguine}$, 애기 머리통만 한 자몽과 그보다 더 큰 포멜로$^{pomelo}$, 한여름의 카프리섬이 생각나는 레몬과 라임, 울퉁불퉁해서 더 맛있어 보이는 세드라$^{cedrat}$와 베르가모트$^{bergamote}$, 칼로 자르는 순간 잊을 수 없는 향이 터져 나오는 콤바바$^{combava}$(카피르 라임), 수천 개의 참깨 다이아몬드를 품고 있는 듯한 시트롱 캐비아$^{cirton\ caviar}$…. 시트러스 가문은 그야말로 방대하며 족히 사전 하나는 넉넉하게 채울 맛과 이야기를 품고 있다.

24절기 중 가장 춥다는 대한부터 개구리가 겨울잠에서 깬다는 경칩驚蟄까지 나와 남편은 이제나저제나 겨울의 에메랄드라 할 크레송이 등장하기를 기다린다. 눈부신 초록으로 빛나는 동글동글한 잎과 누르면 뽀드득 소리가 나는 탱탱한

CHOUX
VERT
Auvergne
la pièce
2 €

CHOU
BLANC
ROUGE
la pièce
1 50 €

Cho
la piè

PERSIL PLAT
FRISE

줄기를 푹 끓여 수프를 만든다. 풀죽 같은 수프를 입에 넣으면 쌉싸름한 맛과 함께 미세한 흙 향이 스친다. 저 멀리서 조금씩 조금씩 다가오는 봄이 생각나는 흙냄새. 촉촉하고 밀도 높은 초콜릿빛 흙, 그 속에서 움트기를 기다리는 씨앗처럼 겨울을 참다 보면 또 봄이 온다. 가리게트, 클레리, 아스파라거스, 토마토로 이어지는 나의 일 년이 다시 시작된다.

'채소와 과일의 절기집'을 쓰고 있다고 말했더니 어느 분이 그게 무슨 소용이냐고 반문했다. 마트에 가면 사계절 내내 토마토를 살 수 있고 추위가 가시기도 전에 비닐하우스에서 재배한 딸기가 나오는 시대가 아니냐는 거다. 하지만 나는 그래서 더 시장의 절기집이 소중하다. 계절을 잊고 일 년 내내 똑같은 채소와 과일 사이를 떠돌고 싶지 않다. 겨울에는 되도록 토마토를 먹지 않고, 구할 수 없는 것을 애써 구하려 하지 않는 것만으로도 사계절이 있는 삶을 살 수 있다. 나의 절기집은 혹여나 먹거리의 계절이 사라질까 걱정하는 마음의 소산이다.

아무리 스마트 팜이 대세인 시대가 되었어도 나는 땅에 뿌리를 두고 신선한 공기와 바람과 함께 자란 제철 과일과

채소를 먹고 싶다. 그 사계절을 온전히 누리고 싶다. "이때만 먹을 수 있다"고 말하면서 계절이 주는 진미들로 상을 차리고 싶다. 너무 맛있어서 스스륵 사라지는 계절을 아쉬워하며 기다리고 싶다. 다행히도 끊임없이 순환하는 이 사계절 속에서는 봄을 여읜 설움에 잠길 필요도, 찬란한 여름을 아쉬워할 필요도, 돌아온 누님 같은 가을을 슬퍼할 필요도, 겨울 나그네를 애상할 필요도 없다. 모든 사계절은 그만의 맛과 향과 질감을 품고 있다. 그저 그 모든 날 동안 먹고 마시면서 오롯이 느끼면 그만이다.

# 선량한 커피

커피숍, 얼리 버드
Early Bird

파리를 너무나 사랑한 나머지 『파리는 날마다 축제』라는
걸출한 에세이집을 남긴 헤밍웨이가 글을 쓸 수 있었던 것은
순전히 무프타르 거리에 있던 카페 데자마퇴르<sup>Café des Amateurs</sup>
덕분이었다. 헤밍웨이가 파리에 얻은 작업실은 손이 곱을 정
도로 추운 데다 층마다 계단참에 화장실이 있어서 퀴퀴한 냄
새를 풍기는 지붕 밑 다락방이었다. 이런 집을 얻고도 파리
를 축제라고 말할 수 있었다니, 반어법이 아닌가 싶을 정도

다. 헤밍웨이가 세상을 떠난 지도 60년이 넘었지만 파리에는 여전히 이런 집들이 많다. 달라진 것이 있다면 물가 상승의 여파로 예전보다 비싼 월세를 내야 한다는 것뿐. 헤밍웨이는 가만히 앉아 있기만 해도 서글퍼지는 작업실을 뒤로하고 카페 데자마퇴르 구석에서 글을 썼다.

헤밍웨이가 몸소 증명했듯 프랑스에서 카페는 내 집이 아니지만 그렇다고 순전히 바깥도 아닌 중간 지대라 할 수 있다. 고양이처럼 사람에게도 자신의 체취가 묻은 영역이라는 게 있다면 단골 카페는 한 사람의 영역 지도에서 가장 먼저 표기되어야 할 지점이다. 그곳에는 발을 디디자마자 눈을 맞추며 다정하게 인사를 해주는 서버와 밤새 무슨 일은 없었는지 물어주는 단골 동료들이 있다. 취향을 익히 알고 있는 서버는 알아서 커피와 신문을 대령해준다. 아아, 여기보다 좋은 곳이 또 있을까.

느긋한 기분으로 신문을 편다. 시국 한탄과 정보 교환, 가십, 험담, 푸념, 불평, 하소연…. 혼자 왔어도 신문을 보며 머릿속에 떠오르는 무엇이든 말할 수 있다. 아무도 이상하게 생각하지 않을뿐더러 심지어 누군가가 대답을 해주기도 한다. 내 집에서 할 수 있는 모든 일을 할 수 있음에도 카페에서

는 바깥이라는 기분 좋은 긴장감이 한 스푼 더해진다. 그렇다. 카페는 일을 하기에 더없이 적절한 장소인 거다. 주문을 받고 커피 잔을 치워주느라 끼어드는 서버, 들고 나는 손님들조차 지루할 수 있는 일에 절묘한 리듬감을 살려준다. 일이 잘 풀리지 않을 때면 바깥을 내다보기만 하면 된다.

프랑스 카페의 테라스 의자는 나란히 마주하는 것이 아니라 한 방향을 향해 놓여 있다. 이 배치는 카페가 누군가를 만나기 위한 장소일 뿐만 아니라 혼자 시간을 보내는 장소이기도 하다는 뜻이다. 노천카페에서는 혼자라는 걸 의식할 틈도 없다. 그저 이 도시가 우리 앞에 펼쳐 보이는 아름다운 장면을 구경하는 것만으로도 족하다. 비가 내리는 보도의 색깔, 자전거를 타고 지나가는 청년의 빨간 볼, 바람에 흔들리는 마로니에 꽃들, 햇볕과 함께 매시간 달라지는 그림자…. 신선한 숲속 공기처럼 살아 있다는 감각이 스멀스멀 올라오는 장면들이 영화처럼 눈앞에서 전개된다. 심지어 아무도 방해하지 않으니 이 아름답고도 다채로운 세계를 예찬할 시간은 충분하다.


여하튼 이 모든 중차대한 일들이 벌어지기 때문인지 신통치 않은 커피 맛에는 아무도 개의치 않는다. 프랑스의 카페에서 커피란 와인 한 잔이나 맥주 한 잔처럼 카페에 앉아 있기 위한 최소한의 핑계이며 일종의 배경 소품이다. 프랑스인들이 카페라고 부르는 가장 기본적인 커피는 에스프레소다. '앙 카페 실 부 플레un café s'il vous plaît'를 외치면 앙증맞은 에스프레소 한 잔이 나온다. 무엇이든 작다는 형용사인 프티petit를 붙여 자신의 애정을 강조하기를 좋아하는 프랑스인들은 커피도 프티 누아petit noir라고 부른다. 참고로 친구를 뜻하는 명사 아미ami에 프티를 붙이면 당장에 프티 아미, 연인이 된다. 그 정도로 프티라는 형용사에는 사랑과 호의가 담뿍 들어 있다.

그렇지만 프티 누아는 짙고 걸쭉해서 강렬한 인상을 남기는 이탈리아의 에스프레소처럼 맛있지 않다. 커피 위에 보기 좋게 크레마가 떠 있어 일견 비슷해 보이지만 훨씬 묽고 어딘가 균형이 어긋난 맛이다. 음식은 그렇게 잘 만들면서 왜 커피는 이따위일까, 나도 궁금하다. 이 외에 물을 좀 타서 양을 늘린 아메리카노(물을 타서 양을 늘렸다는 뜻으로 카페 알롱제café allongé라고도 부른다)와 에스프레소에 우유를 몇 방울 넣어주는 카페 누아제트café noisette, 아메리카노에 묽은 크림을 올린 카페 크렘<sup>café crème</sup>이라는 선택지가 있지만 어느 것이나 맛은 그저 그렇다.

요즘은 사정이 나아져서 풍성한 우유 거품을 올린 카페오 레는 물론 아이스 아메리카노를 주문할 수 있는 카페가 예전 보다 많아졌다. 하지만 유럽인들은 대체로 왜 커피를 차갑게 마셔야 하는지 이해하지 못한다. 작열하는 태양에 모든 풍경 이 하얗게 보일 정도인 한여름의 남프랑스에서도 커피는 무 조건 '뜨겁게'가 정석이다. 그러니 아이스 아메리카노를 시 키면 정체 모를 액체에 달랑 얼음 몇 조각이 떠 있는 미지근 한 커피가 나올 가능성도 배제할 수 없다.

2024년 1월 현재 동네 단골 카페의 에스프레소는 2.20유 로다. 하루가 다르게 물가가 오르는 수상한 시절이니 날짜를 적어둬야겠다. 커피 한 잔에 2유로가 넘다니, 물가가 너무 올 라서 살 수가 없다는 불평이 난무하지만 그 불평마저 카페에 서 하고 있다는 게 헤어나기 힘든 카페의 매력이다. 카페의 커피 값은 단지 커피 값이 아니라 이 특수하고 소중한 장소 에 치르는 요금이다. 발 뻗고 눕지도 못할 1제곱미터의 땅값 이 웬만한 샐러리맨의 한 달치 월급을 훌쩍 넘는 파리에서 그 누구도 침범하지 못할 테이블 하나를 차지하고 누릴 수 있는 온전한 자유의 값이 2유로라면 엄청나게 저렴한 게 아닐까. 카페가 없었다면 대체 헤밍웨이는 어디서 글을 썼을까.

여기까지 읽고 나면 당장 이런 의문이 들 것이다. 그렇다면 파리에서는 정말 맛있는 커피를 마실 수 없는 걸까? 도톰한 우유 거품이 떠 있는 라테와 향기로운 필터 커피는 어디 가서 마셔야 할까? 커피 맛이 상향 평준화된 우리나라 사람들은 파리 카페의 커피 맛에 실망하기 마련이다. 파리에서 제대로 된 커피를 마시고 싶은 사람은 카페가 아니라 커피숍으로 가야 한다. 영어보다는 되도록 프랑스어를 쓰고 싶어해서 휴대폰도 '포르타블portable'이라고 부르는 프랑스인들도 커피숍만큼은 커피숍이라는 영어식 이름 그대로 불러준다. 커피 맛에서 프랑스식 카페와는 분명히 차이가 있는 데다 파리에 커피 문화를 퍼트린 바리스타들을 기념하기 위해서가 아닐까 싶기도 하다.

동네 어귀마다 카페가 고목나무처럼 굳건하게 자리 잡고 있어 파리는 한동안 맛있는 커피의 불모지로 남아 있었다. 시드니, 멜버른, 뉴욕, 스톡홀름, 코펜하겐 등에서 필터 커피와 스페셜티 커피를 마실 동안에도 파리지엔들은 꿋꿋하게

프티 누아를 추종했다. 외국에서 커피를 배운 바리스타들이 속속 파리로 들어오기 전까지는 말이다.

그들은 복음을 전하는 열렬한 신도들처럼 파리 이곳저곳에 커피숍을 냈다. 그중에는 알리그르 시장의 마르셰 보보 안의 커피숍 얼리 버드의 주인 커플인 칸디스와 조셉도 있었다. 호주 멜버른의 커피숍에서 바리스타를 하다가 만난 두 사람은 로스팅을 제대로 배우기 위해 브라질, 코스타리카, 파나마 등지를 여행했다. 아이가 태어나면서 이제는 어딘가에 정착해야 하지 않을까 하는 생각이 들 때쯤 우연히 마르셰 보보 안의 비어 있는 꽃집 자리를 발견했다.

"아아, 정말이지 말로 다 못 해."

덥수룩한 수염과 큰 키, 든든한 체격이 딱 봐도 프랑스인이 아닌 조셉은 아일랜드 출신이다. 지금은 마르셰 보보의 상인회 회장을 맡을 정도로 자리를 잡았지만 여전히 그는 서류 이야기만 나오면 도리질을 친다. 프랑스에서 서류란 종교다. 모든 거래, 약속, 납부, 지불, 청구는 모조리 문서로 만들어 확실히 남겨놓아야 한다. 언제 어디서 증거를 내놓으라고 할지 모른다. 그래서 집집마다 공무 관련 서류 파일을 신줏단지처럼 모셔놓고 만약을 위해 휴대폰에도 저장해놓는다.

프랑스의 문구 센터에 가면 정말로 금고가 아닐까 싶을 정도로 큰 양철 서류 보관함을 판다. 유학 생활 초기에는 누가 저런 걸 살까 의아했는데 어느새 나도 그 서류함을 세 개나 가진 사람이 되었다. 의료 보험 카드 한 장을 받기 위해서조차 서명에다 소인을 찍고 공식 인증을 거친 서류를 다섯 장 이상 제출해야 하는 이 나라에서 가게를 계약한다는 것은 최소한 작은 손수레 하나를 채울 만한 서류를 준비해야 한다는 뜻이다.

칸디스와 조셉 역시 위생 및 소방 심사, 시장 상인 협회의 심사 등 갖가지 과정을 거쳐 간신히 서류를 완비하고 나서야 가게의 열쇠를 넘겨받을 수 있었다. 그때는 모든 게 잘 될 줄 알았다. 마크롱 대통령이 텔레비전에 나와 "우리는 지금 전쟁 중이다"라고 부르짖으며 전면 셧다운과 자가 격리를 선언하기 전까지는. 하필 그들이 환호성을 지른 날은 역사에 길이 남을 코로나 제1차 격리 일주일 전이었다. 맙소사! 식료품 가게 외의 모든 상점들은 문을 닫아야 했으니 커피숍을 오픈할 수도 없고 오픈한다 해도 격리되어 집 안에 갇힌 사람들이 찾아올 수도 없었다. 결국 칸디스와 조셉이 야심 차게 주문한 로스팅 기계에 불이 들어온 날은 코로나가 한바탕 휩쓸고 지나간 2020년 말이었다.

반짝반짝한 새 로스팅 기계에서 향기로운 원두들이 후드
득 쏟아지고 바닥에는 커피콩 자루가 쌓여 있는 얼리 버드를
발견하자마자 당장 나는 단골이 되었다. 매일 가는 집 앞의
시장에 입술 가득 거품이 묻어나는 라테를 마실 수 있는 장
소가 생겼다는 것은 경축할 만한 일이다. 마음에 드는 커피
숍 하나로 순식간에 열 배는 더 살기 좋은 동네가 된다. 테이
블은 없지만 조셉과 수다를 떨며 커피를 마실 수 있는 작은
바가 있고, 오가는 사람을 구경할 수 있는 벤치도 있으니 이
만하면 더할 나위 없다.

나는 자기 직전에 커피를 마셔도 쿨쿨 잠을 잘 자는 체질
이라 하루 종일 커피와 차를 물처럼 마신다. 컴퓨터 앞에서
타닥타닥 자판을 치는 것이 직업이니 커피를 마실 시간은 늘
넉넉하다. 하지만 커피에 대해 조예가 깊은 것은 아니다. 좋
은 원두를 수소문해 쟁여 놓거나 새로 오픈한 커피숍은 꼭
가보는 적극성은 없다. 나는 그저 커피가 필터를 통과해 똑
똑 한 방울씩 떨어지는 휴식 같은 시간을 좋아할 뿐이다. 어
찌 된 일인지 주변에는 바리스타이자 커피숍을 경영하는 친

구들이 많은데 다들 전자저울과 전동 원두 그라인더, 커피 머신을 사라고 권한다.

그러나 남편과 나, 이렇게 두 사람이 살기에 넘치지도 모자라지도 않는 우리 집은 파리의 여느 아파트와 마찬가지로 부엌이 작다. 파리지엔들이 양문형 냉장고를 사지 못하는 이유는 다 이 좁아터진 부엌 때문이다! 언젠가 지방의 큰 집으로 이사를 가게 되면 아이스 디스펜서가 달린 양문형 냉장고를 갖고 싶다고 말하는 사위를 엄마는 안쓰럽게 여긴다. 반면 남편은 양문형 냉장고에 김치 냉장고, 냉동고까지 가지고 있으면서도 냉장고에 자리가 없다고 말하는 장모님을 기막혀 한다. 게다가 남편과 나는 둘 다 기계를 그다지 좋아하지 않아서 전자레인지도 사지 않았다. 수동 그라인더에 커피 필터가 내가 가지고 있는 커피 도구의 전부인데 그래도 내가 내린 커피는 바리스타인 친구의 평에 의하면 '소가 뒷걸음질 치다 쥐를 잡은 격'이라고 한다. 도저히 맛있을 것 같지 않게 대충 내리는데 의외로 깜짝 놀랄 만큼 맛있다나. 그렇다면 그건 순전히 얼리 버드 덕분일 거다.

조셉은 아일랜드인다운 끈기로 나를 다양한 원두의 세계

로 이끌었다. 이를테면 오늘 아침의 커피는 페루의 멘도사에서 왔다. 고도 1천8백 미터에서 키운 커피 체리를 씻고 과육을 벗겨내 말린 워시드 빈$^{washed bean}$이다. 달콤하고 꽃 향이 풍부하다. 이 커피 원두를 다 마실 때까지 나는 매일 아침 잠시나마 페루의 멘도사는 어떤 곳일까 상상해볼 것이다. 실은 진즉에 멘도사를 검색해보았다. 암벽에 폭포수가 쏟아지는 그곳의 오늘 날씨는 구름이 낀 21도. 구글 지도가 온통 초록색일 정도로 깊숙한 산악 마을이다. 그 먼 곳에서 여기 내 집까지 온 이 커피를 소중히 마셔야겠다는 마음이 든다. 조셉과 칸디스는 전 세계의 자발적인 여성 협동조합에서 생산한 원두를 자주 들여 놓는다. 르완다의 전쟁미망인들이 일구는 농장의 커피라니. 커피 한 잔을 마시면서도 그들을 응원할 수 있다니.

하지만 무엇보다 내가 응원하고 싶은 것은 오늘도 얼리 버드를 지키며 커피를 볶고 내리는 두 주인장이다. 프랑스 학교가 일찍 파하는 수요일 오후면 종종 딸과 아들의 가방을 든 조셉과 아이들의 손을 잡고 이야기를 나누며 걷는 칸디스를 마주친다. 단란한 가족의 뒷모습만큼 보기 좋은 것은 없다. 매일 정오가 되면 시장을 치우러 쓰레기차를 몰고 등장하는 청소부들에게 커피를 1유로에 제공하는 조셉과 긴긴 겨울 동안 모자에 속바지까지 완전 무장하고 커피를 내리면서도 늘 친절한 칸디스. 비 오는 날이면 눈을 찡끗하며 가게 뒤편에서 아일랜드 위스키를 꺼내 와 한 잔 따라주는 이 부부의 다정함과 선량함. 그것이야말로 내가 가장 좋아하는 커피 라벨이다.

# 삶을 찬미하는 와인 한 병

와인 가게, 코테 수드
Cotté Sud

"적십자의 총무부장이었어. 회사를 계속 다녔다면 지금보다 돈을 훨씬 많이 벌었겠지."

소피는 에스프레소 잔을 내려놓으며 후련하다는 듯 웃었다. 역시 그랬구나. 어쩐지 가성비 좋은 와인이 들어오면 신나게 추천해주는 소피에게서는 베테랑 상인의 닳고 닳은 상술이 아니라 풋풋한 애호가의 냄새가 났다. 소피는 남편과 내가 '셰 마 코핀chez ma copine'(내 친구 집)이라고 부르는 단골 와인 가게의 주인이다.

처음 프랑스의 대학에서 학생 식당에 갔을 때 식판에 아무렇지 않게 놓인 와인 잔을 보고 과연 와인의 나라구나 실감했다. 직장인이나 학생들도 점심을 먹으며 와인을 곁들이는 게 흉이 아닐 정도로 이 나라에서 와인은 일상이다. 술을 좋아하는 남편은 회사 동료들과 점심을 먹는 식탁에서도 와인을 병으로 주문한다. 이래저래 일주일에 적어도 서너 병씩 와인을 마시고 있지만 와인에 대해서는 잘 안다고 결코 말할 수 없다. 이런저런 품종이며 산지별 특성, 생산자의 이름이나 연도별 맛 차이를 일일이 생각해가며 와인을 마시는 건 나에게는 성가신 일이다. 맛있는 와인을 만나면 라벨을 사진으로 찍어놓지만 그마저도 특별히 기억하려는 의지가 있어서는 아니다. 귀여운 아이를 보았을 때 흐뭇하게 사진으로 남겨두는 마음과 비슷하다고나 할까.

주변의 프랑스인들 역시 나와 별반 다르지 않은 듯하다. 어릴 때부터 식탁에 올라온 와인을 조금씩 맛보면서 와인을 접한다. 와인 산지로 바캉스를 가거나 하면 포도밭을 구경하면서 서로 다른 포도의 품종이라든가 부르고뉴와 쥐라의 포도밭 차이 같은 것을 자연스럽게 알게 된다. 그래서인지 품종이나 산지에 열을 올리기보다 내 취향은 이러저러하다는 식으로 유연하게 대하는 이들이 많다. 제대로 각 잡고 격파하듯 와인을 마시고 기록에 열을 올린다든지 동호회에 가입해서 단체로 와인을 시음하는 일은 좀처럼 보기 어렵다.

햇와인이 나오는 9월과 10월에 여기저기서 열리는 와인 페어의 분위기도 상당히 느슨한 편이다. 대부분의 와인 페어에서는 입장권을 구입하면 와인 잔을 하나씩 준다. 잔을 들고 슬슬 산책하듯 구경하면서 이런저런 와인을 마셔본다. 아예 샤퀴테리며 테린 조각을 잔뜩 깔아놓고 주당들의 등을 떠미는 생산자들도 있다. 눈만 마주쳐도 대화할 태세가 되어 있는 생산자들과 와인에 대한 이야기를 나누는 사이 와인에 대한 지식도 덤으로 얻는다. 마음에 드는 와인이 있으면 궤짝으로 사기도 하고, 부르고뉴나 보르도 같은 와인 산지로 바캉스를 가면 카브를 방문해 시음해보면서 조금씩 취향을 쌓아간다.

언젠가 프랑스인의 40퍼센트가 와인에 대해 잘 안다고 자부하고 있다는 기사를 본 적이 있다. 여기에는 자기 취향에 대해 확고하고 당당한 프랑스인들의 성향도 한몫하지 않았을까 싶다. 어떨 때는 뻔뻔하다 싶을 정도로 자기를 드러내는 데 거리낌이 없다. '맛과 색은 논하지 않는다'는 프랑스의 격언처럼 누가 뭐라든 내 입에 맞으면 좋은 와인이라고 생각한다. 그래서인지 정작 프랑스인들은 '5대 샤토'라거나 '1등급 와인', 그랑크뤼 등 프랑스 와인 하면 반사적으로 떠오르는 어마어마한 칭호에도 냉담한 편이다. '그 정도로 비싼데 당연히 맛있어야지, 요란 떨 필요는 없잖아'라는 식이다. 미디어에서 추천하는 와인 리스트나 무슨 상을 받았다는 금색 라벨 같은 것도 그다지 신뢰하지 않는다. 미국처럼 유명 와인 평론가가 미디어에 자주 얼굴을 내밀지도 않는다. 애당초 남의 추천보다 자신의 혀를 더 신뢰하는 사람들이다. 집으로 저녁 초대를 받으면 와인을 사 가는 일이 많은데 이때도 상대에게 잘 보이기 위해 무리해서 고급 와인을 사는 일은 드물다. 워낙 적당한 가격에 맛있는 와인이 많기도 하고, 기껏 비싼 와인을 가져간다고 해도 요란하게 반겨주는 일은 없으니 말이다.

우리 집에서 와인을 살 때는 대개 어떤 와인을 사느냐보다 무엇과 함께 먹느냐에 역점을 두고 고른다. 와인에 방점을 찍는 애호가가 아닌 데다 와인의 맛과 라벨이 식사의 품격을 좌우한다고 생각하지도 않는다. 음식과 잘 어우러지면서 먹는 재미와 즐거움을 선사해주는 와인이면 족하다. 우리 동네는 1백 미터마다 와인 판매점, 카브가 하나씩 있는 와인의 격전지다. 광화문 골목골목에 자리 잡은 카페의 숫자만큼이나 많다. 과연 이 가게들이 전부 장사가 되는 걸까 싶을 정도다.

6년간 이런저런 카브를 드나들면서 '이 집 주인은 불친절하네', '비싼 와인만 권하네'라며 불평불만을 늘어놓던 남편과 내가 코테 수드에 정착하게 된 것은 다름 아닌 주인장 소피 때문이었다. 소피는 요리를 좋아하고 먹는 것을 즐기는 사람이다. 무엇보다 듣기만 해도 침이 꿀꺽 넘어가게 만드는 이야기꾼이다.

나는 어릴 때부터 먹는 이야기를 유난히 좋아했다. 『빨간 머리 앤』에 나오는 버터를 듬뿍 바른 빵에 집착하는 것을 시작으로 무라카미 하루키의 소설에서도 샌드위치를 만드는 장면이라든가 장을 보고 냉장고를 정리하는 장면을 몇 번이나 되풀이해서 읽었다. 식빵에 오이를 끼운 간단한 샌드위치를 하루키만큼 세련되게 묘사하는 작가가 있을까! 『분노의 포도』나 『에덴의 동쪽』 같은 명작을 쓴 존 스타인벡은 무엇보다 햄버거를 세상에서 가장 먹음직스럽게 묘사하는 작가

다. 먹는 것에 관한 이야기라면 소피도 대작가들 못지않다. 소피가 빨간 단발머리를 까닥까닥 흔들며 가장 좋아하는 요리인 파르망티에 드 카나르parmentier de canard에 대해 이야기할 때면 박수가 절로 나온다.

"일단 감자는 아망딘이나 샤를로트처럼 단단한 녀석들로 골라야 해. 그래야 감자가 천천히 익으면서 오리 기름이 촉촉하게 배거든. 제대로 잘 자란 오리 기름은 풍미가 정말 좋잖아. 보드라운 감자 아래 육즙 가득한 오리 살을 포크로 딱 뜨면 향기가 퍼지도록 처빌과 고수도 듬뿍 넣어주지."

아아, 눈앞에 최상의 파르망티에 드 카나르 한 접시가 놓여 있는 것 같지 않은가. 그러고는 와인이 주르륵 놓여 있는 선반에서 이 오리 요리에 어울리는 와인을 쭉 보여준다.

"이 와인은 오리의 기름진 맛을 적당히 눌러줄 거고, 저 와인은 쌉쌀한 맛이 느끼한 뒷맛을 싹 씻어줄 거야."

소피는 하나하나 손가락으로 가리키며 자상하게 설명해준다. 이것도 저것도 좋을 것 같으니 그러면 두 병을 사볼까. 소피의 표현력이 좋아서 그녀의 설명을 듣다 보면 마셔보지 못한 와인도 맛을 상상하기가 쉽다. 나는 음식에 대해 잘 모르는 와인 판매자는 좀처럼 신뢰하지 않는다. 우리 집 근처

에는 젊은 힙스터들이 많이 드나들기로 유명한 와인 판매점이 있다. 인스타그램에도 빈번히 올라오는 핫 플레이스다. 그렇지만 나는 어지간하면 그곳에서 와인을 사지 않는다. 세련된 안경을 쓰고 몸에 딱 맞는 셔츠를 입은 그곳의 주인들은 와인 가게 주인이라기보다 각광받는 스타트업의 CEO 같은 분위기를 풍긴다. 멀끔하지만 빼빼 마른 그들은 음식에 별 관심이 없다! 양파 수프의 윗면을 가득 덮은 그뤼예르 치즈의 짭짤함과 관자 그라탱을 흠뻑 적신 베샤멜소스의 부드러움을 예찬하지 않는 사람이 어떻게 요리에 어울리는 와인을 추천할 수 있을까. 와인은 식탁의 꽃인데 말이다.

프라이팬에 남은 오리 기름은 싹 걷어 모아두었다가 감자 요리할 때 쓴다는 소피는 열두 살 때부터 주방에 드나든 생활 요리사다. 나처럼 요리를 좋아하는 사람에게 단골 카브의 주인이 생활 요리사라는 건 상당히 중요하다. 가령 겨울 초입이 되면 소피는 팔기도 하지만 무엇보다 자기가 쓸 요량으로 뱅 존의 친척인 아르부아Arbois를 선반 가득 채워둔다. 뱅 존은 사바냥Savagnin이라는 품종의 포도로만 빚어 6년 3개월 동안 숙성시킨 쥐라 지방의 특산 와인이다. 노란 포도주라는 직접적인 이름 그대로 따스한 황금빛에 바싹하게 구운 빵 끄트머리와 쿰쿰한 콩테 치즈, 막 껍질에서 꺼낸 호두가 뒤섞인 고소한 가을 향이 난다. 그냥 마셔도 맛있지만 야생 버섯을 넣은 크림소스나 솥에서 오래 고아 만든 스튜에 넣으면 매우 향기롭다. 모릴 버섯을 넣은 크림소스로 닭을 졸여 뱅 존으로 향을 낸 요리는 쥐라 지방을 대표하는 음식이기도 하다.

뱅 존의 유일한 단점은 요리에 쓰기에는 다소 부담스러운 가격이다. 현지에서는 20~30유로대에도 구할 수 있지만 파리에서는 어떤 생산자의 것을 집어 들어도 70유로 정도는 주어야 한다. 한번 따면 맛이 변하는 와인이라 두고두고 쓸 수도 없으니 냉큼 사기에는 망설여진다. 요리사의 마음을 잘 아는 소피는 사바냥에 약간의 샤르도네를 섞어 맛과 향은 뱅 존과 유사하지만 가격은 절반인 아르부아를 구비해둔다. 매출을 생각하면 당연히 뱅 존을 권해야 마땅하겠지만 그 누구도 스튜 안에 든 아르부아와 뱅 존을 구분할 수 없을 거라는 점을 정직하게 말해준다.

소피는 포도나무 아래서 잡초처럼 자란 펜넬을 잘라 넣은 끈적한 남부식 갈비찜인 도브, 정원에서 막 딴 허브를 듬뿍 넣은 오소부코 osso buco며, 싱싱한 바질을 갈아 만드는 여름의 피스투pistou 소스를 묘사할 때면 돌연 얼굴에 활기가 도는 천생 남부 사람이다. 알고 보니 그녀는 마르세유, 엑상프로방스, 나르본으로 옮겨 가며 자랐고, 남편도 페르피냥에서 만난 그야말로 남부 토박이였다.

엄연히 따지면 소피는 남동쪽 프로방스이고, 내 남편은 남서부 툴루즈 출신으로 같은 남쪽이라도 방향이 다르지만 남편은 그녀가 카술레cassoulet의 제맛을 아는 사람이라는 것에 점수를 듬뿍 준다. 카술레는 오리 기름에 마늘을 넣어 크림처럼 눅진하게 익힌 강낭콩에 오리 콩피와 툴루즈산 소시지를 넣어 만든 콩 스튜로 남서 지방을 대표하는 음식이다. 남편에게 카술레는 신성한 음식이다. 진짜 카술레의 맛을 안다는 것은 겨울에 피레네 산에서 불어오는 매서운 바람과 동네마다 푸아그라 거래소가 있는 작은 마을, 여름 벌판을 가득 메우는 해바라기가 늘어선 풍경을 안다는 것이다. 카술레가 가득 든 큰 도기 그릇을 가운데 두고 와인을 마시며 걸걸한 사투리로 신나게 떠드는 남쪽의 정서를 안다는 의미이기도 하다.

그러니 남편의 고향 때문에 남서쪽으로 기운 우리 집 식탁에 어떤 와인이 어울리는지 상담하기에 소피만 한 상대는 없다. 푸아그라로 양념한 슈 파르시chou farci(양배추말이)나 다진 송아지 고기에 리코타 치즈로 속을 채운 붉은 양파 구이, 삶은 감자에 크림과 우유를 넣은 퓌레에 툴루즈 소시지 구이···. 소피와 나는 진지한 프로젝트를 상의하는 사람들처럼 오늘의 저녁 메뉴를 고민하고 입맛을 다시며 와인을 고른다.

코테 수드는 소피의 출신지인 랑그독 루시용, 즉 지중해에 면한 남동쪽 지방의 와인을 전문으로 취급한다. 소피의 가게 이름인 코테 수드가 남쪽을 뜻하는 코테 수드côté sud와 발음이 같은 것도 절묘하다. 코테Cotté는 소피의 성이자 공교롭게도 가게가 위치한 길 이름이기도 하다. 마흔 살이 넘어서야 와인 주정 전문 과정에 등록해 직장을 다니면서 자격증을 딴 소피는 자신의 성과 이름이 같은 길에 가게 자리가 난 걸 보고 운명이라는 생각이 들었다고 했다.

사실 랑그독 루시용 지방은 오랫동안 와인에서는 그다지 내세울 만한 지역이 아니었다. 지중해를 앞에 두고 뒤로는 하얀 화강암으로 덮여 생크림 덩어리처럼 보이는 산들이 늘어선 랑그독 루시용은 프랑스에서 가장 더운 지역 중 하나다. 그래서 이 동네 포도밭은 픽 생 루, 테르스 뒤 라르작, 픽

풀 드 피네 등 산 위의 널찍한 고원이나 봉우리에 올라앉아 있다. 포도밭 지도를 보면 산을 따라 점점이 흩어진 포도밭들이 작은 호수처럼 보인다. 경사가 급해 기계가 올라가지 못하는 산 위의 포도밭은 규모가 작다. 1백 헥타르가 넘는 거대한 포도밭이 즐비한 보르도나 부르고뉴가 백화점이라면 이쪽은 구멍가게라고나 할까. 혼자 포도 농사를 짓는 농민들에게 와인을 병에 넣고 판매 루트를 개척하고 세금을 계산해 가격을 매기는 일은 버겁다. 그래서 예전에는 수확한 포도를 마을 협동조합에 보내 한꺼번에 와인으로 만들어 판매했고, 그 바람에 랑그독 루시용 와인은 저렴한 테이블 와인이라는 이미지를 얻게 됐다.

하지만 요즘의 랑그독 루시용에는 홀로 사부작사부작 와인을 빚는 독립 생산자들이 훨씬 많아졌다. 밭의 사이즈가 작아서 기후 변화에도 훨씬 민첩하게 대처할 수 있는 이들은 그르나슈, 시라, 메를로, 샤르도네, 소비뇽처럼 와인 업계를 지배해온 품종 대신 과감하게 새 품종을 도입했다. 수비니에 그리, 부르불랑, 테레, 클레레트 블랑슈, 비에이 아라몽, 샤산 등 병충해에 강하고 손이 많이 가지 않는 장점에도 불구하고 대량 생산 시스템에 밀려 사라진 옛 품종이나 하이브리

드 품종을 심었다. 어디서도 맛보지 못한 새로운 맛과 향기에 독립 생산자들의 스토리가 더해지면서 랑그독 루시용 와인을 주목하는 이들이 점점 많아지고 있다.

소피는 자신이 나고 자란 동네의 와인을 알리는 일을 누구보다 좋아하지만 좋아하는 일을 한다고 해서 마냥 행복하기만 한 것은 아니다. 당연히 그럴 리가 없다. 인생은 그렇게 간단하지 않다. 계속 회사를 다녔다면 무거운 와인 궤짝을 들어 옮길 일도, 파리가 급격히 더워지면서 어쩔 수 없이 들여놓은 에어컨의 전기세를 걱정할 일도 없었을 것이다. 번듯하고 심지어 돈도 잘 버는 직장을 과감하게 그만두고 새로운 일을 한다는 것은 박수를 받을 만한 열정과 용기지만 가게를 경영한다는 것은 또 다른 문제다. 세금도 내야 하고 발주도 해야 하고 무엇보다 잘 팔아야 한다! 자영업자의 고충은 어느 나라나 마찬가지다. 프랑스에서도 평균 수명이 늘어나면서 40대나 50대가 되면 제2의 인생을 찾아 새 출발을 하는 이들이 많지만 안타깝게도 그들 중 대부분은 실패한다.

나와 남편은 소피의 카브가 치열한 경쟁 속에서 무사히 살아남기를 열렬히 응원하고 있다. 다행히 소피네 카브는 그럭저럭 굴러가는 눈치다. 갈 때마다 새로 들여온 와인이 있고, 내 앞으로 손님 두서너 명이 차례를 기다린다. 내 순서를 기다리며 다른 손님들과 소피의 대화를 엿듣는다. 그들 역시 나처럼 소피가 마음에 들어 단골이 된 사람들이다. 그럴 만하다. 소피에게서는 좋아하는 일을 소중히 여기는 사람의 건강한 활력이 뿜어져 나온다.

'먹는 이야기가 일의 일부가 되는 삶을 살게 되다니', 소피는 신기하다는 듯 손을 가슴 위로 모아 기도하는 시늉을 한다. 이럴 때의 소피는 천진한 소녀 같다. 소피의 요리 이야기가 유달리 식욕을 자극하는 것은 그래서가 아닐까. 와인이건 요리건 세상의 모든 맛은 결국 삶을 찬미하는 자세에서 나오는 거니까.

# 봄, 여름, 가을, 겨울 그리고 치즈

### 치즈 가게, 아르두앙-랑글레
### Fromagerie Hardouin-Langlet

"프랑스인들은 이 많은 치즈의 맛을 다 알고 있는 건가
요?"

마르셰 보보에 들어서자마자 보이는 1열을 차지한 치즈
가게 아르두앙-랑글레의 진열창 앞에 서면 누구나 살짝 위
축되기 마련이다. 무려 1843년부터 이 자리에 있었던 치즈
가게답게 말발굽처럼 둥그런 U자형 진열창에는 350가지가
넘는 치즈가 층층이 쌓여 있다. 무엇을 사야 할까? 조금씩도

파는 걸까? 맛이 이상하면 어떡하지? 머릿속이 복잡해진다.

　　주말이면 아르두앙-랑글레 앞에는 긴 줄이 늘어선다. 맛있는 치즈 가게라는 증거다. 높다란 진열창 너머로 고개를 내밀고 손님을 상대하는 대여섯 명의 직원들은 치즈를 자르고 무게를 재느라 부산하다. 다들 바쁜데 치즈를 맛본 다음 사겠다고 해도 될까? 괜히 이것저것 물어서 귀찮게 하는 건 아닌가? 내 발음을 못 알아들으면 민망해서 어쩌지? 사람들은 자기 차례가 되면 라벨에 적힌 낯선 이름을 힘주어 발음하며 더듬더듬 치즈를 주문한다. 나도 그랬다. 치즈 가게 점원이 단번에 내 주문을 알아들으면 그와 하이파이브라도 하고 싶을 만큼 기뻤다. 프랑스 시장에서 치즈 가게는 정육점과 더불어 외국인에게는 왠지 '다가가기 힘든 당신'이다.

　　그랬던 내가 지금은 아르두앙-랑글레의 단골손님이 되었다. "봉주르 마담 리", 경쾌한 빨간 안경을 쓴 크리스텔이 따뜻한 인사를 건넨다. 아르두앙-랑글레의 주인이자 파리 시내에 서너 개의 치즈 가게를 소유한 성공한 치즈 사업가 아르두앙 씨의 누나인 크리스텔은 치즈에 관해서는 모르는 것이 없다.

　　"사부아에서 르블로숑이 왔어."

그녀는 내 얼굴을 보자마자 르블로숑leblochon 치즈 타르트를 만들어야 하는 계절이 왔음을 알려준다. 드디어 그녀의 사춘기 아들도 엄지를 척 세울 만큼 맛있다면서 독경하듯 줄줄 읊어준 크리스텔표 르블로숑 치즈 타르트를 만들 수 있겠구나. 르블로숑 치즈와 함께 이번 겨울의 첫 몽도르mont d'or도 고개를 내밀었다. 아, 금산을 오르는 계절이 시작되었다!

금산이 어디에 있는 산이냐고? 구글에서 몽도르를 검색하면 산 대신 웬 치즈 사진만 잔뜩 뜬다. 그러면 그렇지. 안 그래도 엉덩이가 무거운 데다 추운 것을 질색하는 내가 한겨울에 산을 오를 리가. 카망베르, 캉탈 같은 대부분의 치즈 명칭처럼 몽도르 역시 치즈를 만드는 동네 이름에서 따왔다. 카망베르는 워낙 치즈 이름으로 유명해서 노르망디에 정말로 카망베르라는 동네가 있다고 하면 깜짝 놀라기도 한다.

치즈 이름에 가려졌지만 몽도르는 프랑스와 스위스의 국경에 위치한 쥐라 산맥에서 가장 높은 봉우리의 명칭이다. 프랑스어라서 그럴싸하게 들리겠지만 실은 제주도의 소주 한라산이나 해남의 해창 막걸리와 유사한 네이밍이다. 겉멋 부리지 않는 직격의 멋이라고나 할까. '한라산'이라는 이름

을 들으면 한라산과 제주도의 푸른 바다가 스쳐 가듯이 프랑
스인들도 그렇다. 고소하고 짭짤한 치즈 '캉탈'에서는 초록
으로 가득한 중부 고원이, 나무 잎사귀 모양의 푀유 뒤 리무
쟁feuille du limousin에서는 리무쟁을 대표하는 선한 눈방울을 가
진 소들이 떠오른다. 프랑스라는 땅을 아는 사람에게 치즈
는 '먹는' 지리부도다.

　전나무를 얇게 켜서 만든 둥근 상자 안에 든 몽도르는 오
븐에 녹여 먹는다. 이제 막 오븐에서 나온 용암처럼 뜨겁고
찰진 몽도르를 숟가락으로 듬뿍 떠서 포슬포슬하게 삶은 감
자 위에 올려 먹으면 알프스가 훤히 보이는 노천 온천에 몸
을 담그는 기분이 된다. 아, 따뜻해. 겨울이 추운 것은 한량없
이 짙어지는 그리움 때문인지도 모른다. 발을 감싸는 캐시미
어 실내화, 엄마가 깔아주는 폭신한 이불, 등짝이 달라붙을
것 같은 아랫목, 꽁꽁 언 손을 감싸주는 당신의 손. 몽도르가
전해주는 것은 그리움의 빈자리를 채우는 따뜻한 감촉이다.

　다만 한 가지 주의할 게 있다. 혼곤히 영혼을 녹이는 그 맛
이 좋아 주말마다 몽도르를 먹었더니 여드름이 뽕뽕 돋았
다. 피부과에 갔더니 의료용 돋보기로 여드름을 관찰하던 의
사가 의아한 듯 물었다.

"요즘 뭐 특별히 드시는 거 없어요?"

"몽도르를 자주 먹었어요. 아시죠? 너무 맛있잖아요."

내 대답에 의사는 쥐를 잡은 고양이 같은 표정을 짓더니 몽도르 금지령을 내렸다. 알고 보니 몽도르에는 유지방이 최저 48퍼센트나 함유돼 있었다. 어쩐지 맛있더라니. 그 뒤로 자제하고 있지만 쉽지 않다. 몰랐으면 모를까 몽도르 없는 겨울은 너무 쓸쓸하니까.

오로지 일 년에 딱 4개월, 그것도 겨울에만 먹을 수 있는 치즈인 몽도르를 알게 되면서 나는 치즈에도 계절이 있다는 걸 이해하게 됐다. 숨은그림찾기와 같은 이치다. 답을 알고 나면 왜 못 찾았는지 어이가 없는 것처럼 가장 간단한 진실은 너무 간명해서 때때로 눈에 보이지 않는 법이다. 모든 농축산물에 먹기 좋은 제철이 있듯이 치즈에도 당연히 알맞은 계절이 있다. 낯선 치즈 이름을 외우는 것만으로도 가뜩이나 머리가 복잡한데 계절까지 따져가며 먹어야 하냐고? 사실 치즈를 수입하는 우리나라에서 치즈의 계절을 따지는 것은 별 의미가 없다. 하지만 치즈로 세계적인 명성을 쌓은 프랑스라면 이야기가 다르다.

샤를 드골 대통령이 "치즈가 246종이나 되는 나라를 통치하는 게 얼마나 어려운 일인 줄 아느냐"고 푸념했다는 일화가 전해진다. 하지만 실상 치즈는 단 세 종류밖에 없다. 치즈를 만든 젖에 따라 소젖, 양젖, 염소젖 치즈로 구분된다. 프랑스에서 태어나 그 누구보다 프랑스를 사랑했던 애국자 샤를 드골이 이 사실을 몰랐을 리가 없다. 프랑스인들이 치즈 가게에서 당황하지 않는 이유는 바로 이 간단한 분류를 기본으로 치즈를 고르기 때문이다.

젖에 따라 나뉘는 세 가지 종류의 치즈 중에서 가장 인기 있는 것은 역시 소젖 치즈다. 매우 번창한 소젖 치즈계에는 콩테comte, 에멘탈, 카망베르, 브리 등 프랑스 치즈 하면 떠오르는 대표적인 치즈들이 포진해 있다. 브르타뉴와 노르망디 출신인 카망베르와 브리, 중부 고원인 오베르뉴의 자랑인 캉탈, 푸른곰팡이가 있어서 이름도 파랑인 블루치즈 등 프랑스 전역에서 생산되지만 그래도 소젖 치즈의 본진은 스위스와 프랑스 국경에 버티고 선 산맥 지대인 알프스와 쥐라다.

어린 시절, 나에게 최초로 알프스라는 지명을 알려준 일본 애니메이션 〈알프스 소녀 하이디〉에는 늘 만년설이 덮인 봉우리와 데이지 꽃이 핀 초원, 점점이 서 있는 젖소들이 배

경으로 등장했다. 소젖 치즈는 바로 '알프스 소녀 하이디'의
세계에서 태어난다. 해발 1천 미터가 넘는 알프스와 쥐라의
깊숙한 산골 마을에도 봄은 온다. 저 멀리서 조금씩 다가오
는 봄을 누구보다 먼저 알아차리는 것은 소들이다. 들판에
이름 모를 꽃들이 하나둘 고개를 내밀면 목동은 소를 몰아
더 높은 산봉우리로 올라간다. 하얀 구름과 선선한 바람이
초목을 더욱 푸릇푸릇하게 키우는 고원에서 여름 내내 소들
은 신선한 풀을 실컷 뜯는다. 반바지를 입은 목동 소년 피터
가 떠오르는 알프스의 여름은 그래서 산 위에서 짤랑짤랑
워낭 소리가 울려 퍼지는 계절이다.

여름의 우유는 양도 많고 향기롭다. 이 여름의 우유로 만
드는 것이 알프스와 쥐라를 대표하는 치즈인 콩테와 그뤼예
르다. 소젖 치즈는 대부분 짧게는 4개월, 길게는 3년 이상 숙
성시킨다. 여름에 짠 젖으로 치즈를 만들어 숙성시키면 겨울
이 된다. 자연히 소젖 치즈는 겨울이 제철이다.

찬바람이 불면 목동은 다시 소를 몰아 산 아래로 내려온
다. 마을 근처 목초지에서 우물우물 건초를 씹으며 겨울을
보내는 소들은 우유도 적게 만든다. 지름이 75센티에 45킬
로그램이나 되는 콩테나 그뤼예르 치즈를 만들기에는 어림

도 없다. 그래서 겨울 우유로는 손바닥만 한 전나무 상자에 담긴 앙증맞은 몽도르를 만든다.

해가 짧아져서 오후 5시면 불을 밝혀야 하는 본격적인 겨울이 닥치면 치즈 가게에는 지름 50센티가 넘는 거대한 치즈들이 하나둘씩 도착한다. 여름에는 기껏해야 화이트 와인과 잼이나 진열하던 선반이 콩테, 그뤼예르, 모르비예morbier, 에멘탈 드 사부아emmental de Savoie 등 알프스와 쥐라의 산에서 내려온 치즈들로 가득 찬다. 알프스와 쥐라의 소젖 치즈는 수레바퀴만큼이나 크고 겉이 딱딱하다.

치즈를 주문하면 크리스텔은 양쪽으로 나무 손잡이가 달린 작두 같은 칼로 꾸욱 눌러 치즈를 잘라준다. 반질반질하게 코팅된 종이에 곱게 싸주는 치즈를 펴보면 여름 산의 향기가 난다. 하얀 구름과 청아한 공기, 촉촉하게 감기는 흙이 키운 푸릇한 풀과 색색의 들꽃, 컹컹 짖는 소몰이 개들의 늠름한 발걸음과 옥색 빙하 호수가 치즈 안에 다 들어 있다. 입김이 풀풀 나고 코끝이 시린 계절에 먹는 소젖 치즈는 행복한 여름을 누린 소들이 전해준 편지다.

우리나라에는 많이 알려져 있지 않지만 소젖 치즈와 쌍벽

195

을 이루는 양젖 치즈는 브레비brebis의 젖으로 만든다. 북실북 실한 털과 수줍은 태도 덕분에 상냥한 이미지를 떠올리지만 실제로 만나보면 무표정해서 도무지 무슨 생각을 하는지 짐 작할 수 없는 암양을 브레비라고 부른다. 브레비는 프랑스 와 스페인의 접경지대인 피레네 산맥이나 중남부의 고원 지 대인 마시프 상트랄Massif Central에서 여름을 난다. 그래서 프랑 스인들이 최고로 치는 양젖 치즈인 오소이라티ossau-iraty는 피 네레, 곰팡이 때문에 블루치즈와 종종 혼동하는 로크포르 roquefort는 아베롱Aveyron 출신이다.

오소이라티는 피레네 산맥을 바라보고 사는 바스크 지방 사람들의 삶이기도 하다. 바스크 지방에는 내가 프랑스에서 제일 좋아하는 길인 '오소이라티 치즈 길'이 있다. 바닷가 마 을인 생장드뤼즈Saint-Jean-de-Luz에서 시작해 스키장이 있는 피 레네 산 위의 작은 마을 구레트Gourette까지 수많은 오소이라 티 생산 농가들을 거쳐 가는 길이다. 오소이라티를 만드는 치즈 공방마다 자두 빛 바탕에 뿔이 크고 심드렁한 브레비 의 얼굴이 그려진 간판이 붙어 있다. 하얀 구름이 바다처럼 깔리고 어디서나 피레네 산이 보이는 오소이라티 길 위에는 농가만큼이나 무수히 많은 작은 교회가 있다. 언젠가 시어머니를 따라 오소이라티 길 위에서 평생을 보낸 이본 할머니의 장례식에 참석한 적이 있었다. 아레트라는 작은 마을에서 태어나 작은 식품점을 운영하면서 백 살까지 장수한 그녀의 장례식에서 나는 처음으로 목동의 노래를 들었다.

"11월 눈밭에 떠오른 아침 햇살이 나에게 보여주었다네. 피레네, 얼마나 너를 사랑하는지."

바스크 베레모를 쓰고 붉은 얼굴을 한 할아버지들이 묘소를 둘러싸고 떨리는 목소리로 노래를 불렀다. 때마침 겨울이었고 내 눈앞에는 파란 하늘을 배경으로 하얀 눈이 덮인 피레네가 있었다. 피레네의 그늘에서 태어난 사람들, 진정 피레네를 사랑했던 이들만이 부를 수 있는 노래를 들으며 왠지 울컥 눈물이 났다. 이본 할머니가 묻힌 교회의 작은 묘소에는 여기저기에 양 떼를 이끄는 목동들의 사진과 조각으로 장식해놓은 묘비들이 보였다. 그 유명한 피레네의 목동들은 죽어서도 목동인 것이다.

봄부터 시작해 겨울까지 이어지는 목동의 삶은 브레비와 치즈를 위한 헌신이다. 봄에는 새로 태어난 새끼와 어미 양을 돌보는 것을 시작으로 6월이면 브레비들을 몰아 산으로 올라간다. 목동은 돌로 지은 산장에서 머물며 양젖을 모아

끓이고 거르고 발효시켜 오소이라티를 만든다. 오소이라티는 대략 80일 정도 숙성 기간을 거치는데 이 기간 내내 목동은 매일같이 소금물을 묻힌 헝겊으로 치즈 덩어리를 싹싹 닦아야 한다. 아래, 뒤, 양옆, 어느 한 군데 목동의 손길이 닿지 않는 곳이 없다. 수만 번 닦고 또 닦는 동안 잘 구워진 발효빵 같은 오소이라티 특유의 딱딱한 껍질이 만들어진다.

그러니 숙성을 거쳐 가을 중순께 치즈 가게에 도달한 오소이라티는 그냥 먹어서는 안 된다. 프랑스인들은 치즈를 먹을 때 견과류, 잼, 햄, 과일 등을 곁들여 치즈보드를 화려하게 장식하는 쓸데없는 짓은 하지 않는다. 큰 수레에 치즈를 잔뜩 올려 맵시 있게 끌고 오는 미슐랭 3스타 레스토랑에서도 치즈보드엔 덩그러니 치즈만 올린다. 치즈만으로도 충분하기 때문이다. 심지어 지나친 장식은 치즈에 대한 모욕이라고 생각하는 이들도 있다.

그러나 오소이라티를 먹는 날에는 바스크 지방의 특산물인 블랙체리 콩피를 준비한다. 우선 컬링 스톤 모양의 오소이라티를 부채꼴로 자른다. 얇게 자를수록 좋다! 바스크 출신들은 뭣도 모르는 타지방 사람들이 두껍게 잘라낸 오소이라티 조각을 보면 면박을 준다. 오소이라티는 목동들이 쓰

는 단도로 종잇장처럼 얇게 잘라낸 것이 제일 맛있다. 그리고 그 위에 오래 조려서 단맛을 끌어올린 블랙체리 과육을 올린다. 담백한 끝에 쌉쌀함이 따라오는 치즈 조각들이 뭉근한 블랙체리 과육과 만나 입 안에서 단짠의 춤을 춘다.

가을, 겨울이 소젖과 양젖 치즈의 계절이라면 봄, 여름에는 염소 치즈가 있다. 하얗고 온화해서 풀밭 위에 핀 하얀 꽃 같은 염소는 어디서나 잘 자란다. 프랑스 전역에서 만들어서 그런지 염소 치즈는 생산지의 명칭을 따르지 않고 형태나 질감을 따서 이름을 짓는다. 원뿔 모양의 플라스틱 고깔에 넣어 파는 순두부 같은 브루스brousse부터 염소 똥 모양을 닮은 크로탱 드 샤비뇰crottin de chavignol, 밤나무 잎으로 싸서 발효시킨 둥글넓적한 바농banon, 긴 나무토막 모양의 부슈bouche, 원통 모양의 샤롤레charolais 등 종류도 많지만 무엇이든 작고 귀엽게 빚어서 판다. 촉촉한 하얀 속살이 눈부신 염소젖 치즈는 물기가 많아서 오래 보관할 수 없기 때문이다.

꾸덕꾸덕한 원통형의 뷔슈 드 셰브르bûche de chèvre를 둥글게 잘라서 바게트 위에 올리고 올리브오일을 살짝 뿌린다. 신선한 타임이나 에스플레트espelette 고춧가루, 약간의 꿀을 더해 멋과 맛을 살려도 좋다. 그런 다음 윗부분이 노릇해지도록 오븐에 구우면 토스트는 끝! 여기에 아삭아삭한 샐러드 채소와 둥글게 자른 토마토를 곁들이면 무더운 여름에 신선한 바람 같은 한 끼가 된다.

요거트와 비슷한 묽기를 가진 브루스는 여름에 많이 나는 딸기와 프랑부아즈(산딸기)를 설탕에 조려 함께 먹으면 간식으로 제격이다. 하얀 브루스 위에 빨간 과일을 얹은 모습은 그 자체로 너무나 예쁘다. 매미 소리가 고막을 찌르는 여름의 한낮, 초록이 싱그러운 숲, 뽀드득뽀드득 익어가는 검붉은 포도, 수영장으로 뛰어드는 아이들의 천진난만한 웃음소리, 얼음을 찰랑이며 로제 와인을 마시는 어른들…. 염소 치즈는 언제나 그리운 여름의 맛이다.


치즈 가게에는 모든 계절이 다 들어 있기에 흥미롭다. 어떤 치즈든 고유의 맛과 향, 흥미를 끄는 역사와 섬세하고 숙련된 제작 방법을 자랑한다. 그 속에는 지금 이 순간에도 프랑스 전역에서 조물조물 치즈를 빚고 있을 누군가의 삶이 녹아 있다. 알프스의 여름과 피레네의 겨울, 소와 양을 이끄는 목동의 발걸음과 매일 치즈를 닦는 싹싹한 손길. 치즈를 먹

€ 11,95

acia

HÉDÈNE
PARIS

MIEL ACACIA
de Bourgogne

le PIC
FIGUETTE

Figue

ANVILLE

NORMANDIE

BRIQUÉ PAR
AINDORGE A
LIVAROT

Kg : 23,40€

는다는 것은 정말이지 프랑스라는 세상, 프랑스라는 시간과 공간을 핥고 씹고 삼키는 일이다.

그러니 '동굴에서 4년 동안 숙성한 세상에서 가장 귀한 콩테', '8백 년의 역사를 가진 특별한 테트 드 무안$^{\text{tete de moine}}$', '구름 속에 숨은 천상의 맛', '치즈의 진주', '천사의 날개' 같은 화려한 수사에 현혹될 필요가 없다. 제대로 된 치즈 가게는 이런 문구로 괜한 호들갑을 떨지 않는다. 그 대신에 치즈 이름 옆에 누구나 한눈에 알아볼 수 있도록 소와 양, 염소의 얼굴을 그려 넣고 생우유로 만든 치즈인지, 어떤 살균법을 썼는지, 임산부가 먹어도 되는지를 상세하게 적어둔다.

치즈에 대해 잘 모르겠다고? 걱정하지 말자. 그저 이 계절에 가장 맛있는 치즈가 무엇인지를 물어보면 된다. 이제 와서 알게 됐지만 프랑스인들도 치즈 가게의 모든 치즈를 다 먹어본 게 아니었다. 심지어 20년이 넘게 아르두앙 치즈 가게의 진열대를 지킨 나의 치즈 선생님, 크리스텔도 그렇다. 하나씩 먹어보고 맛있었던 것을 기억하면서 시간을 들여 나만의 치즈 지도를 그려 나가는 것, 그것이 치즈를 먹는 즐거움이다.

"세상에서 가장 맛있는 치즈? 그런 건 다 마케팅이야."

코웃음을 치는 크리스텔의 말대로 세상에서 가장 맛있는 치즈는 내 입에 맞는 치즈다. 모르긴 몰라도 이 말을 부정하는 프랑스인은 없을 것이다.

# 찬바람이 불면

닭집, 샤퐁 달리그르
Chapon d'Aligre

한낮의 최고 기온이 15도 아래로 떨어지고 기러기 솜털 같은 회색 구름이 하늘을 덮는 계절이 오면 일요일 점심의 메뉴는 두말할 것도 없이 통닭구이, 풀레 로티$^{poulet\ rôti}$다. 닭을 한 마리 사다가 오븐에 구우면 집 안의 을씨년스러운 공기가 따뜻하게 데워지겠지.

세드릭은 누구보다 이러한 고객들의 심리를 꿰뚫고 있다. 과연 알리그르 시장에서 가장 장사가 잘 되는 닭집, 샤퐁 달리그르의 주인답다. 간판에 멋지게 박제된 수사슴 머리가 달려 있는 샤퐁 달리그르는 닭부터 뿔닭, 메추라기, 오리, 꿩, 비둘기 등 프랑스인들이 사랑하는 조류 일체를 취급하는 전문점이다. 여름에 한 달씩이나 문을 닫고 유유자적 지중해 크루즈 여행을 떠나면서도(일 년 내내 열심히 일했으니 그럴 자격이야 충분하지!) 세드릭은 내내 한 가지만 생각하고 있었다. 이제는 전설이 된 노래 〈바람이 분다〉에서 가수 이소라는 처연한 목소리로 속삭인다. 시린 한기 속에 지난 시간을 되돌리는 바람이 분다고. 그렇지만 세드릭에게 비를 몰고 오는 가을의 찬바람은 온갖 조류들과 함께 손님들이 넘쳐날 거라는 흐뭇한 신호다.

프랑스인들이 연말 만찬 하면 자동적으로 떠올리는 샤퐁chapon과 풀라르드poularde가 멋지게 무대에 오르는 닭집의 전성기는 찬바람과 함께 시작된다. 크리스마스와 새해 전후에는 특별 주문한 닭이 담긴 쇼핑백을 선반에 다 올려둘 수 없어서 매장 바닥에 층층이 쌓아둘 정도다. 그뿐인가, 9월 중순의 어느 일요일에는 드디어 전 프랑스의 사냥꾼들이 목을 빼고 기다려온 공식 사냥철이 시작된다. 좀 먹을 줄 아는 단골들이 미리 주문한 꿩이며 까치, 자고새, 들토끼, 멧돼지 같

은 사냥감들이 진열대를 화려하게 채운다. 요즘에는 자못 낯선 식재료가 되었지만 르네상스인들은 사냥한 조류를 최고로 쳤다. 하늘에 가까운 고기일수록 고귀하고 값비싸게 여겼는데 닭과는 비교할 수 없는 쫀득한 육질에 쇠고기보다 진한 육향이 난다.

샤퐁 달리그르의 진열대를 구경하다 보면 17세기 네덜란드 화가들의 정물화가 떠오른다. 아름다운 깃털을 뽐내는 온갖 조류들이 빼곡히 걸린 정물화들 말이다. 닭은 그냥 닭일 뿐인 줄 알았는데 이름도 생김새도 가격도 다른 닭들이 우아하게 누워 있다. 프랑스인들은 대략 열일곱 종류의 닭을 먹는다고 한다. 프랑스의 상징이 닭이 된 건 우연이 아니다! 그렇지만 실제로 마트며 시장에서 만나게 되는 닭은 세 종류다. 노란 닭, 흰 닭, 발이 파랗거나 검은 토종닭.

옥수수를 먹여 키우는 노란 닭은 이름 그대로 껍질부터 발까지 노랗다. 옥수수를 먹고는 다이어트를 할 수 없겠다는 확신이 들 정도로 살 속까지 지방이 촘촘히 배어 기름지고 향이 강하다. 화이트 와인을 찰랑찰랑 붓고 나베(무)며 당근, 정향을 박은 양파, 타임, 로즈메리 다발과 함께 솥에 오래 고면 맛있는 국물이 나온다.

흰 닭은 역시 말 그대로 껍질도 살도 하얗다. 이런 직관적인 이름이라니. 옥수수를 제외한 나머지 곡물을 먹고 벌판을 뛰면서 자란 흰 닭은 근육질에 살도 쫀쫀하다. 버터를 차닥차닥 발라 오븐에 구우면 겉은 바삭하면서도 속은 막 구운 식빵처럼 보드라운 닭구이가 된다. 입술이 반들반들해질 정도로 육즙이 비어져 나와 닭가슴살은 퍽퍽하다는 선입견을 단번에 날려버릴 정도다.

흰 닭도 노란 닭도 훌륭하지만 닭 전문가 세드릭의 자랑은 무엇보다 토종닭이다.

"오늘은 롤스로이스가 있어!"

눈이 마주치자마자 세드릭은 큰 비밀이라도 알려주듯 소곤소곤 속삭인다. 세드릭이 여자였다면 롤스로이스가 아니라 에르메스라고 불렀을 텐데. 세드릭의 롤스로이스는 투렌Touraine 지방에서 키우는 발이 파란 토종닭인 라캉Racan이다. 대표적인 고급 닭의 대명사가 된 브레스Bresse산 닭과 브레스산 닭의 아성을 노리는 부르고뉴 왕자Prince de Bourgogne 닭, 최근 미식가들 사이에서 라이징 스타로 대접받고 있는 구르네Gournay 닭 등과 함께 닭계를 평정한 슈퍼스타다.

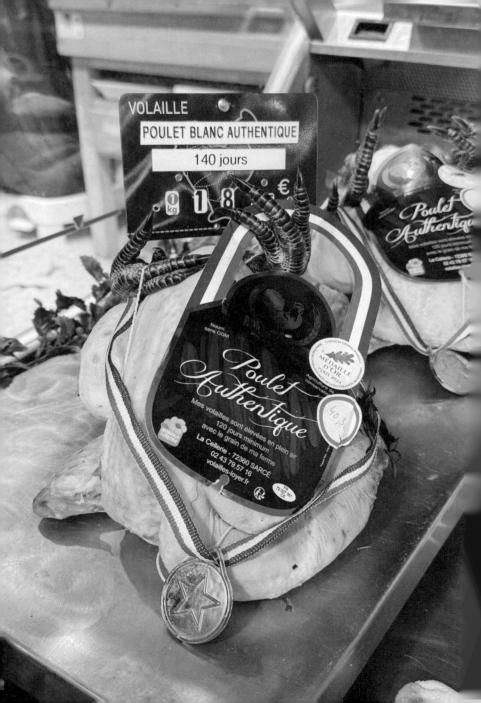

"내가 직접 가서 봤지. 아주 팔팔하더라고."

세드릭은 이 귀한 닭을 작년 축산물 경연 대회에서 그랑프리를 거머쥔 양계업자 기욤의 농장에서 찾아냈다. 투실투실해서 한 손으로 들기 버거운 놈을 가슴에 착 안고 의기양양하게 보여주는 모습이라니. 영락없이 유치원 학예회에서 주인공을 맡은 자식을 자랑하기 바쁜 아빠의 모습이다.

하지만 모두가 코를 팽팽 풀면서 슬슬 크리스마스 선물을 준비하기 시작하는 한겨울이 오면 세드릭의 롤스로이스는 구석으로 밀려난다. 드디어 축제용으로 은쟁반에 올라가는 특별한 닭인 샤퐁과 풀라르드가 등장할 차례인 것이다. 하얀 망토를 입은 샤퐁은 우유를 먹여 가며 통통히 살찌운 거세한 수탉이다. 중국 영화에 나오는 보들보들한 손을 가진 뚱뚱한 환관처럼 샤퐁은 3킬로그램이 넘는 거대한 덩치에 반지르르한 진줏빛 껍질을 자랑한다. 샤퐁의 최고봉은 프랑스인들이 닭 하면 떠올리는 동네인 브레스의 양계업자들이 연말만을 위해 고이 키워 내놓는 브레스산 샤퐁이다. 해마다 생산량이 정해져 있어 연말이 아니면 구할 수 없고 많이 팔고 싶어도 팔지 못한다.

귀한 닭인 만큼 브레스산 샤퐁은 척 봐도 알아볼 수 있는 특징이 있다. 브레스 양계 협회의 삼색 패찰과 빨간 바탕에 금색으로 브레스산 샤퐁이라는 이름이 적힌 메달 그리고 닭을 둘둘 싸고 있는 하얀 망토다. 머리에 달려 있는 길고 하얀 털을 더욱 돋보이게 해주는 이 망토는 언뜻 보면 멋으로 입혀 놓은 것 같다. 하지만 그럴 리는 없다! 이 망토는 빳빳하고 두터운 면직물을 닭 몸체에 딱 맞게 손바느질한 코르셋으로 닭 안에 남아 있는 공기를 빼고 유통되는 동안 살 속의 지방이 뭉치지 않도록 도와준다. 오로지 샤퐁만을 위한 특수한 코르셋을 만드는 방법을 에필라주effilage라고 하는데 프랑스의 무형 문화재로 등재될 만큼 귀한 기술이다.

풀라르드는 알을 한 번도 낳지 않은 암탉으로 샤퐁과 함께 프랑스인이라면 누구나 고개를 끄덕이는 연말 만찬의 쌍두마차다. 샤퐁보다 무게는 덜 나가지만 우유를 먹여가며 곱게 키운 덕에 살결이 섬세하다. 비단 드레스 아래 살짝 드러난 공주의 뽀얀 속살이라고나 할까. 프랑스인이 편애하는 맛 표현 중에 '퐁당fondant'이란 단어가 있는데 혀를 부드럽게 감싸며 스르르 녹아내리는 질감을 뜻한다. 풀라르드는 닭이지만, 초콜릿이나 생크림에 어울리는 퐁당이라는 수식어를 붙

여도 아깝지 않다. 눈이 절로 감기고 입꼬리가 올라가는 특유의 부드러움은 생크림이나 다름없으니까.

샤퐁과 플라르드가 나오는 12월이면 세드릭은 윤기가 번지르르 흐르는 화려한 털이 달려 있는 닭들을 진열대 위에 줄줄이 매달아놓는다. 마트에서 조각조각 잘려 트레이에 포장된 닭만 봐온 사람들은 프랑스 닭집의 야성적인 광경에 화들짝 놀랄 수도 있다. 깃털뿐 아니라 날카로운 발톱이 무시무시한 닭발과 당장이라도 눈을 번쩍 뜰 것 같은 대가리가 그대로 달려 있다. 게다가 하나같이 이게 과연 닭인가 싶을 만큼 크다. 30일을 키워 1킬로그램 전후가 된 일명 10호 닭을 가장 많이 사용하는 우리나라에 비해 세드릭은 짧게는 90일, 길게는 150일을 키운 닭을 취급한다.

명품 가방부터 에코백까지 가방도 가격이 천차만별이듯 닭 가격도 마찬가지다. 1킬로그램당 4유로부터 30유로를 넘나드는 닭값의 차이는 어떻게 키웠는가에서 온다. 유전자 변형 곡물을 먹이지 않고 넓은 목초지에서 뛰놀며 자란 닭은 당연히 양계장의 닭들보다 비싸다. 세드릭의 손님들은 먹는 횟수를 줄이더라도 이력이 확실하고 품종이 좋은 닭을 찾는

PAIN D'EPICES
9€

이들이다.

가방 취향도 각양각색이듯 주머니 사정과 가치관, 요리법에 따라 다양한 닭을 선택할 수 있다. 나는 소금과 후추 외에는 별 양념을 가미하지 않는 오븐 구이나 국물 요리에는 세드릭의 닭을 쓰지만, 양념을 많이 넣고 빨리 익혀야 하는 한국식 닭볶음탕이나 닭튀김을 만들 때는 마트에서 닭을 산다. 근육이 적고 작아서 훨씬 빨리 익는 데다 양념이 잘 배기 때문이다.

붉은 볏을 휘날리며 농가 마당을 헤집고 다니는 작은 맹수나 다름없는 닭에게서는 짐승을 먹는다는 실감이 전해진다. 까마득한 옛날부터 사냥한 고기를 일상적으로 먹어왔던 유럽인들은 닭에서조차 사냥감에서 전해지는 야생의 냄새를 느끼고 싶어 하는 걸까. 두툼하고 차진 살, 몇 시간을 고아도 부러지지 않는 뼈, 숨구멍이 작고 광택 나는 껍질에서는 확실한 존재감이 전해진다. 근육질인 이런 닭들은 튀겨서는 잘 익지 않는다. 겉면만 홀랑 타기 일쑤다. 프랑스의 닭 요리들이 유독 솥에서 오래오래 익히는 방법이 많은 것은 그래서가 아닐까 싶다.

몸통의 털은 미리 뽑아놓지만 팔리기 전에는 대가리와 닭

발을 자르지 않는 게 제대로 된 닭집의 불문율이다. 머리와 발을 잘라버리면 이 닭이나 그 닭이나 다 똑같아 보이기 때문이다. 살만 보고 무슨 닭인지 알아맞힐 수 있는 사람이 과연 몇 명이나 있을까. 무엇이든 돈값을 해야 한다고 믿는 프랑스인들은 비싼 값을 치르고 좋은 닭을 살 때면 그에 걸맞은 대접을 받아야 한다고 생각한다. 윤기가 흐르는 털과 듬직한 발, 잘생긴 대가리를 두 눈으로 똑똑히 확인해야 직성이 풀리는 것이다. 몇 겹으로 싼 종이에 닭과 함께 넣어주는 닭발과 깃털은 에르메스 가방에 딸려 오는 오렌지색 박스와 두툼한 쇼핑백, 다갈색 리본이라 할 수 있다. 집으로 돌아가 꾸러미를 풀어보면서 고급 닭을 먹는 즐거움을 아낌없이 누리라는 배려다. 빨간 자수 스티치가 돋보이는 하얀 코트나 고상한 파란 코트, 휘황찬란한 메달, 리미티드 에디션이라는 증거인 표찰, 오크 나무 상자 등 품격 있는 액세서리는 고급 닭을 사는 즐거움이다.

닭을 사면 늘 계산대를 지키고 선 세드릭의 엄마, 마담 파방에게 요리법을 물어본다.

그녀의 대답은 언제나 한결같다.

"세 뜨레에에에에에에 파실 c'est treeeees facile."(그건 매우 쉽지.)

마담 파방은 파란 아이섀도에 마스카라를 아낌없이 칠한 눈을 깜빡이며 순진무구한 소녀처럼 운을 뗀다. 8시간은 너끈히 고아야 하는 풀 오 포 poule au pot 부터 전설적인 프랑스 요리로 알려졌으나 지금은 못 먹어본 프랑스인들이 더 많은 코코뱅까지 마담 파방에게는 모든 닭 요리가 너무 쉽다. 심지어 19세기의 호사스러운 미식가로 기념비적인 미식 에세이를 쓴 알렉상드르 뒤마, 『몬테크리스토 백작』의 저자인 그가 가장 예찬했던 닭 요리인 풀라르드 구이도 별것 아니라는 듯 말한다.

그냥 하는 말이 아니라 진심으로 그렇게 생각하는 데에는 나름의 이유가 있다. 프랑스식 닭 요리는 대부분 닭의 질감과 맛을 최대한 살릴 수 있도록 양념으로 향신료만 살짝 넣고 부재료를 적게 넣기 때문이다. 그럼에도 빨간 머리를 발랄하게 흔들며 집게손가락을 세워가며 콕콕 요점만 집어주는 그녀의 요리법은 새겨들을 가치가 있다. 낮은 온도에서 오래 구워 지방을 완전히 녹여내야 하는 닭은 무엇인지, 코코뱅에는 어떤 와인을 써야 하는지, 가을 버섯을 듬뿍 넣은 크림소스에는 어느 부위가 어울리는지 등의 결정적인 팁들이 줄줄이 나온다. 요리만큼이나 요리책 읽기를 좋아하는 나는 큰 책장의 선반 서너 개를 채운 요리책과 요리 잡지를 가지고 있지만 그 어떤 요리책에서도 이런 비법을 본 적이 없다. 대체 요리책에는 왜 이런 이야기가 나오지 않는 걸까? 왜 다들 레시피에 결정적인 팁을 적어놓지 않는 걸까? 혹시나 요리책 저자보다 더 요리를 잘하게 될까 봐?

큰맘 먹고 좋은 닭을 사는 날에는 선반에 고이 모셔둔 비장의 무기인 닭구이 그릇을 꺼낸다. 시어머니가 물려주신 닭구이 그릇은 닭 한 마리가 고스란히 들어가는 크기에 딱 맞는 뚜껑까지 딸려 있다. 하도 많이 써서 군데군데 지워지지 않는 다갈색 자국들이 남아 있는 그릇에는 일요일이면 온 식구들이 모여 앉아 오븐에 닭을 구워 먹던 시절의 추억이 담겨 있다. 닭구이 그릇에 올리브오일과 소금, 로즈메리와 타임으로 마사지한 닭을 정성껏 모신다. 그리고 껍질을 까지 않고 끝만 잘라낸 마늘 36쪽을 우르르 쏟아 넣는다. 꼭 36쪽이 아니어도 되지만 여하튼 많이!

아기 궁둥이 같은 뚜껑을 덮고 오븐에 넣으면 온 집 안에 고소한 닭 냄새와 허브 냄새가 퍼진다. 늦은 밤, 칼바람을 옷에 묻히고 돌아온 아빠가 우리 딸 먹으라고 사 온 닭, 겨울이

면 할머니가 끓여주던 포실한 삼계탕이 생각나는 냄새다. 움츠러들었던 손과 발을 쓰다듬어주는 온기, 자꾸만 안으로 돌아서는 차가운 마음을 다독이는 온기가 집 안에 퍼진다.

백 번도 넘게 닭을 구워보았지만 뚜껑을 여는 순간은 언제나 설렌다. 훅 쏟아져 나오는 하얀 김이 안경에 서리를 만든다. 다갈색 껍질 아래 육즙과 지방이 보글보글 끓고 있다. 착착 결대로 찢을 때마다 열기가 뿜어져 나오는 쫀득한 닭에 닭기름과 올리브오일이 섞인 다갈색 육즙을 끼얹어가며 입에 넣으면 로즈메리와 타임의 향이 콧구멍을 후려친다. 포크로 누르기만 해도 버터처럼 무너지는 마늘도 한 입.

〈바람이 분다〉에서 이소라는 노래했다. 바람이 불면 서러운 마음에 텅 빈 풍경이 불어온다고. 그러면 우리는 내내 글썽이던 눈물을 쏟게 된다고. 하지만 괜찮다. 나에게는 시린 한기를 위로해줄 닭구이가 있으니까.

# 절구통 속의 여행

향신료 가게, 사바
Epicerie Sabah

프랑스 생활을 시작했을 때 놀랐던 것 중 하나는 아랍 음식에 대한 프랑스인들의 진심이었다. 외국인인 나에게 프랑스 하면 떠오르는 음식은 라타투이나 코코뱅이었는데, 정작 프랑스인들은 집에서도 타진(스튜)이나 쿠스쿠스를 해 먹으며 맛있는 아랍 식당에 대한 정보를 부지런히 교환하고 있었다. 심지어 쿠스쿠스는 자주 먹지만 코코뱅은 단 한 번도 먹어보지 못했다는 이들도 많았다. 사실 프랑스 전통 음식으

로 알려진 요리 중 태반은 접하기 어려운 음식이 된 지 오래
다. 오늘날 프랑스인들에게 사무사(삼각형의 튀긴 만두), 케프
타(미트볼), 후무스(병아리콩 드핑 소스), 타불레(쿠스쿠스 샐러
드), 타진 같은 아랍 음식은 코코뱅이나 뵈프 부르기뇽보다
친근하고 만만한 일상 음식이다. 마치 중국에서 건너오기는
했으나 엄연히 우리나라 음식인 짜장면처럼 프랑스인들에
게 아랍 음식은 외국 요리가 아니다.

　알리그르 시장 입구에 자리 잡고 있는 사바는 이런 프랑
스인들에게는 없어서는 안 될 향신료 가게다. 당장 남편만 해
도 어디선가 새로운 레시피를 찾아내면 사바에 가보자고 외
친다. 사바에 가면 무엇이든 구할 수 있다고 믿는 것이다. 맹
신에 가까운 남편의 믿음은 어딘가에 맛의 천국으로 가는 열
쇠가 숨겨져 있을 것 같은 사바의 어수선한 분위기 탓에 한
층 강해진다. 국자로 퍼 담아 살 수 있는 올리브, 두부처럼 잘
라 파는 페타 치즈, 산더미처럼 쌓여 있는 레몬 콩피, 온갖
재료를 으깨고 갈아 만든 색색의 소스가 선반과 바닥을 꽉
채우고 있다.

　1980년대에 피스타치오로 유명한 시리아 접경지대 안타
키아에서 파리로 건너온 사바의 창립자 삼 형제는 파리 전역

에 지점을 15개나 늘리며 이민자 대성공의 스토리를 썼다. 하지만 그러는 동안에도 가게의 인테리어에는 전혀 손을 대지 않았다. 덕분에 사바는 '떠나자!'를 외쳤던 보들레르와 플로베르의 시대 이래로 프랑스인들의 마음속에 단단히 자리 잡은 아랍 시장의 축소판으로 남게 되었다.

쨍쨍한 햇볕 아래 천막이 펄럭이며 그림자를 만들고 물담배 연기가 몽글몽글 피어나는 시장, 아름답고 이국적인 모스크 아래 온갖 냄새와 색깔로 눈과 코를 마비시키는 향신료와 기묘한 억양의 외국어를 쓰는 상인들이 있는 곳. 사바는 고향을 떠나온 안타키아 삼 형제가 가장 그리워하는 아랍 시장 그 자체다. 마치 처음으로 이스탄불과 테헤란, 이스파한 같은 이국적인 지명을 들었을 때처럼 알 수 없는 동경심과 향수가 뭉게뭉게 피어난다.

지금은 은퇴해 튀르키예의 해변에서 유유자적 노후를 보내고 있는 안타키아 삼 형제부터 현재 지점장을 맡고 있는 에미에 이르기까지 변하지 않은 것은 또 있다. 누구나 기꺼이 지갑을 열 수 있는 저렴한 가격이다. 사바는 너무 예뻐서 절로 사진을 찍게 되는 프렌치 스타일의 식품점과는 거리가 멀다. 수집욕을 자극하는 앙증맞은 틴 케이스나 빈티지 스타

일의 라벨 같은 것은 없다. 비닐 포장에 초록색의 사바 스티커가 전부다. 하지만 이런 소박함은 의외로 프랑스인들에게 굉장한 설득력을 발휘한다. 프랑스인들은 무엇이든 예쁘게 만들어 파는 것으로 세계적인 명성을 얻었지만 실생활에서는 야무진 실속파들이기 때문이다.

단단히 지갑을 움켜쥔 프랑스인들의 마음을 움직이기 위해서는 군더더기 없는 알짜여야 한다! 마다가스카르에서 자생하는 보트시페리페리voatsiperifery 후추나 어란처럼 미식가들이 군침을 흘릴 만한 고급 식재료도 사바에서는 그럭저럭 살 만한 가격이다. 향신료 한 꼬집에 몇십 유로나 해서 내 지갑 사정을 반성하게 되는 사태는 생기지 않는다. 손에 쥔 예산은 다를지라도 터무니없는 가격에 마음 상하지 않고 누구나 요리에 근사한 풍미를 더할 수 있다.

사바에 가면 나는 특히 견과류 선반 앞에서 오랜 시간을 보낸다. 술타나, 마누카, 부하라, 코린트 등 건포도만 해도 스무 가지가 넘는다. 이 많은 건포도들을 모조리 뭉뚱그려 건포도라고만 부르는 건 온당한 처사가 아니다! 사바의 건포도 선반을 눈여겨보기 전까지 나는 세상에 이렇게 많은 건포

Pistache Crue Emondée

Pistache Crue Emondée

pistaches hachées 1kg
**32€**

pistaches Emondée
**42€** 1kg

Pistache crue Emondée
**7,50€** 150g

pistache crue Emondée
**14,50€** 300g

Mangue Séchée
BIO ÉQUITABLE

Mangue Séchée
ÉQUITABLE

Mangue Séchée Lamelle Bio

Abricot Sec Jumbo

Abricots secs naturels
**6,50€** 400g

Abricot sec Jumbo
**12,80€** 300g

Abricots secs Jumbo
**6,80€** 400g

Mangue séchée Bio
**9,50€** 100g

Mangue Séchée Bio BF
**4,80€** 200g

Mangue Bio
**8,50**

Figues naturelles séchées farinées

Figue Sèche Zagros - Iran

Figue Sèche Calabacita Bio

Figue sèche Baglam

Figuettes farinées 600g
**6,80€**

Figuettes 200g "Espagne"
**3,50€**

Figues Calabacita Bio 250g
**3,50€**

Figues sèches Baglana
**11€** 400g

Fig

Gingembre

Gingembre Confit Cristallisé Bio

Gingembre

Gingembre

Gingembre Confit Cristallisé

Gingembre Confit Cristallisé Bio

Gingembre Confit Cristallisé Bio

도가 존재하는지 알지 못했다. 공항의 출발 보드를 보는 듯한 기분으로 각기 다른 건포도들의 원산지를 읽어본다. 술타나는 이란에서, 마누카와 부하라는 우즈베키스탄에서, 코린트는 그리스에서 왔다. 세계에서 가장 아름답다는 블루 모스크가 우뚝 서 있는 이맘 광장과 아직도 금녀의 원칙을 지키고 있는 그리스 수도원들이 떠오른다. 이 순간에도 누군가는 테헤란의 시장 한구석에서 우물우물 건포도를 씹고 있겠지. 원산지나 모양과 맛, 무엇 하나 같은 것이 없는 건포도들은 이 세상이 헤아릴 수 없는 다양성으로 가득하다는 증거다. 술타나 한 알을 씹으며, 인터넷과 항공 산업, 관광업의 괄목할 만한 발달로 모든 것이 구태의연해 보이는 이 시대에도 세상은 여전히 넓다는 걸 실감한다. 나에게 보들레르 같은 시인의 언어가 없다는 게 안타까울 따름이다. 그랬다면 건포도에 바치는 근사한 시를 쓸 수 있었을 텐데….

그렇지만 견과류 코너에서 하염없이 시간을 흘려보내서는 안 된다. 깊숙이 발을 디딘 자들만 도달할 수 있는 사바의 심장부는 따로 있다. 코너를 돌면 눈앞에 딱 나타나는 향신료의 벽이다. 향신료 이름이 붙은 120여 개의 노란 박스가 빽빽하게 한 면을 채우고 있는 벽은 향신료 백과사전이 꽂

혀 있는 책장이나 마찬가지다. 이곳에서 못 구할 향신료란 없다! 고수 씨앗이라고? 중간 오른쪽 네 번째 박스! 초록색 아니스는 제일 위쪽에. 블루 라벤더는 아래 세 번째 줄 두 번째에! 손님들로 터져 나가는 일요일, 향신료의 벽 앞을 지키고 선 직원은 무슨 향신료이든 척척 집어 준다. 대체 이 많은 향신료의 위치를 어떻게 외우는 걸까?

펜넬 하나만 해도 씨앗부터 가루, 잘게 썬 것, 다른 향신료와 섞은 것까지 네 가지나 된다. 통계피와 계피 가루, 통마늘과 편을 썰어 말린 마늘, 마늘 가루, 너트맥 열매와 너트맥 가루…. 모든 향신료들은 단 하나로 끝나는 것이 아니라 용도별로 세밀하게 가공되어 있다. 피자, 샐러드, 커리, 인디안, 야사yassa, 콜롬바colomba, 마살라masala 등 한 봉지만 있으면 세계의 모든 요리를 다 만들 수 있을 듯한 향신료 믹스도 구할 수 있다. 마드라스식 커리, 하리라 같은 듣도 보도 못한 믹스를 발견할 때마다 걷잡을 수 없는 호기심이 발동한다. 어떤 요리에 쓰이는 것일까? 이 믹스들이 놓일 선반의 주인은 어떤 사람일까? 그의 부엌은 어떤 곳일까?

다들 평범이라는 외투를 쓰고 비슷비슷하게 사는 것 같아도 삶의 디테일은 제각각이다. 수많은 고유성을 숨긴 이 디테일을 눈여겨보지 않으면 삶의 이야기는 깃털 하나 없는 거위만큼이나 앙상해진다. 역사책에서 보듯 한 사람의 일생은 마음만 먹으면 딱 한 줄로도 요약할 수 있다. 가령 나폴레옹은 '1769년에 태어나 1821년에 사망한 프랑스의 군인이자 황제다'라는 식이다. 얼마나 재미없는 문장인가. 하지만 다리를 달달 떨며 욕조에서 긴 시간을 보낸 습관이나 하얀 피부를 가진 귀족적이면서도 도발적인 여자를 좋아한 취향 등 나폴레옹이라는 사람을 설명해주는 사소하지만 결정적인 디테일을 모두 쓸라치면 책 열 권으로도 모자란다. 그러니 별것 아닌 것 같아도 향신료 한 봉지는 그냥 향신료 한 봉지가 아니다. 마살라 믹스를 훌훌 뿌려 커리를 만드는 이의 부엌과 오후 간식으로 콜롬바를 굽는 이의 부엌은 다를 수밖에 없다. 그 속에는 과연 어떤 인간 드라마가 숨어 있을까. 얼마나 또 지루하고 동시에 경이로운 세계들이 펼쳐질까.

사바의 마스코트인 고양이 카넬의 집은 향신료의 벽 앞에 있다. 인기척이 들리면 카넬은 귀찮은 듯 기지개를 켜고 슬슬 자리를 옮긴다. 카넬의 발걸음이 머무는 곳은 향신료의 벽을 따라 이어지는 후추 선반이다. 쓰촨, 티무트, 바이아, 캄

폿, 펜자, 말라바르, 사라왁, 자바, 텔리체리, 상투메….

각양각색의 후추들은 세계사 시간에 배웠던 향신료 무역이라는 역사의 증거물이자 상상과 모험의 산물이다. 이탈리아 제노바 출신의 항해가 크리스토퍼 콜럼버스가 첫 번째 항해를 떠날 때를 생각해보자. 1492년 8월 3일 스페인의 팔로스 항에서 의기양양하게 돛을 올렸던 순간 그와 함께 떠났던 사람들 중 그 누구도 바다 너머에 무엇이 있는지 확신하지 못했다. 이사벨라 여왕 앞에서 인도로 가는 신항로를 개척하겠다고 호언장담한 콜럼버스 역시 마찬가지였다. 심지어 기껏 아메리카 대륙을 발견해 놓고도 그곳이 인도라고 착각했다. 하지만 향신료들은 그런 헛된 믿음과 어리석음, 허풍 아래 숨겨진 희망과 열정, 상상 덕분에 유럽에 상륙할 수 있었다. 광대한 바다를 건너 인도와 인도네시아를 찾아갔던 선원들과 가도 가도 끝없는 모래뿐인 타클라마칸 사막을 목숨 걸고 건넜던 대상隊商들, 후추는 그들의 삶이었다. 그리고 알갱이를 으깨면 바삭 소리와 함께 알싸한 향이 터져 나오는 이 신비한 열매는 유럽의 식탁을 바꾸었다.

처음 프랑스 요리 레시피를 접하면 누구나 당황하기 마련이다. 복잡해 보이는 과정은 차치하고 일단 재료부터가 낯설다. 주재료보다 깨알같이 적힌 향신료가 더 많다. 요리 한 접시 만들자고 발음하기도 어려운 향신료들을 전부 구매해야 한단 말인가! 한숨이 절로 나온다. 그냥 포기하는 게 낫겠다 싶다.

프랑스 요리에는 유달리 향을 내는 재료들이 잔뜩 들어간다. 아무리 요리를 하지 않는 사람이라도 프랑스인의 부엌에는 너트맥과 말린 프로방스 허브, 까맣고 하얀 후추 병이 늘어선 향신료 선반이 꼭 있다. 어느 마트를 가나 향신료 병들이 줄줄이 꽂혀 있는데 흔히 쓰는 향신료는 동전 몇 푼으로 살 수 있을 정도로 저렴하다.

요리를 하다 보면 안 넣어도 상관없을 것 같은 향신료들이 실은 결정적인 포인트라는 걸 알게 된다. 월계수 잎과 타임, 로즈메리를 꽃다발 모양으로 묶은 부케가르니와 정향(클로브)을 빽빽하게 박은 양파는 고기의 잡내를 고상하게 잡아준다. 물론 양파와 마늘만으로도 고기의 잡내를 없애기엔 충분하다. 하지만 이제 막 우려낸 질 좋은 얼그레이 한 잔 같은 풀 향과 꽃 향을 더하면 텁텁한 고기도 상큼해진다. 베샤멜소스에 갈아 넣는 너트맥은 지나치게 느끼할 수 있는 소스에 알싸한 한 방을 선사한다. 슬쩍 끼어드는 변주가 매력적인 재즈처럼 평범한 베샤멜소스를 특별하게 만들어준다. 채소 오븐 구이에는 커민 씨앗을 뿌려준다. 우리나라 양고기 집에 가면 나오는 쯔란이 바로 커민 씨앗이다. 너무 착하기만 한 사람은 매력이 덜한 것처럼 커민은 달달하고 순한 채소의 맛에 나쁜 남자의 향기를 더해준다. 이국적인 향과 색을 보태는 사프란, 따뜻한 훈연의 기운을 불어넣는 펜자 후추, 살짝 매운맛으로 느끼함을 날려주는 에스플레트 고춧가루… 모두 제 역할이 있다. 재료를 자르고 굽고 조리는 매 단계마다 임무를 똘똘하게 수행하는 향신료를 써가며 향을 조금씩 쌓아간다. 이렇게 완성된 요리는 향수의 발향 단계처럼 입에 넣는 순간의 향과 씹을 때의 향, 목으로 넘길 때의 향이 제각기 다르다.

프랑스인들이 자주 쓰는 맛 표현 중에 '라피네raffiné'라는 단어가 있다. 정제된 섬세함이라 할 수 있는 라피네는 미식가들을 위한 고급 요리를 예찬할 때 자주 쓰는 말이다. 그런데 프랑스인들이 그토록 예찬하는 요리의 섬세함이란 수많은 향신료를 얼마나 조화롭고 창의적으로 쓰는가에서 온다. 자랑스럽게 입구에 붙여 놓은 미슐랭 별 개수로 손님을 긴장하게 만드는 식당에서는 으레 세 줄짜리 요리 이름이 가득

적힌 두툼한 두께의 메뉴판을 준다. '봄 정원의 향기를 입힌'
브레스산 닭가슴살에 '정향과 시나몬, 주니퍼베리에 카카오
닙스를 넣은 소스', '뱅 존으로 향을 낸 계절 버섯'이라든가
'티무트 후추로 향을 더하고 미역을 첨가한 버터로 그릴에
구운 파', '열 가지 향신료를 넣은 양파 피클을 곁들인 육수
를 발라 장작불에 구운 바닷가재' 같은 으리으리한 이름은
그 자체로 향신료의 시다. 어떤 후추, 어떤 향신료로 맛을 더
했는지 읽어보고 우리 집의 수준을 판단해 달라는 것이다.
아아, 맛은 향에서 온다는 것을 아는 현명함이라니.

이스라엘 출신으로 중동식 지중해 음식의 붐을 일으킨
요리사 오토렝기Ottolenghi의 대성공 이후 사바는 미식 트렌드
의 최전선으로 거듭났다. 그 덕분에 사바에는 헐렁한 리넨
셔츠를 걸치고 선글라스를 쓴 멋쟁이들과 '어메이징'을 연발
하며 장바구니를 가득 채우는 관광객들이 부쩍 늘었다. 전
에는 좀처럼 보지 못했던 부류의 손님들이다. 시장 수레를
끌고 좁은 통로를 자유자재로 누비는 동네 아줌마들과 부엌
을 실험실 삼아 온갖 요리를 해내는 아마추어들로 북적이던
사바가 핫 플레이스가 되다니. 일 년 동안 팔 석류 농축액을

한 달 만에 다 팔아치운 에미는 오토렝기의 열렬한 신도가 되었다. 덩달아 아랍식 요거트인 라벤[laben], 톡 쏘는 레몬 향이 나는 이란 향신료인 수막[sumac] 등 예전에는 이민자들이나 찾던 재료들도 날개 돋친 듯 팔린다. 요즘에는 한국 요리의 붐을 타고 김치며 고춧가루를 찾는 이들도 늘었다. 한국 식품점으로 가면 될 텐데도 분명 남편처럼 사바에는 모든 것이 다 있다고 믿는 이들일 테다.

"탐구하고 탐구할지어다. 저희들이 누리는 행복의 한계를 끊임없이 넓힐지어다."

카슈카발[Kashkaval]처럼 어떻게 읽어야 할지 몰라 이름도 말하지 못하는 치즈를 살짝 뜯어 맛볼 때, 자메이카 후추의 뜨거운 냄새에 화들짝 놀라 코를 움켜쥘 때 나는 보들레르의 산문시집 『파리의 우울』에 적힌 저 시구를 떠올린다.

태어나서 자란 곳을 떠나 사바를 거쳐 마침내 우리 집 부엌에 도착한 향신료들의 긴 여정을 상상해본다. 절구 바닥에 남은 후추에서 후추를 길러낸 이들의 손과 흙의 냄새가 풍겨온다. 그곳의 바람은 어떤 색일까? 그곳의 비는 어떤 소리를 낼까?

향신료를 뿌리는 것은 단지 맛을 더하는 게 아니다. 그건 입으로 다른 세상을 호흡하고 냄새 맡고 만지고 핥고 씹으면서 마음과 감각을 멀리 보내는 일이다. 에티오피아의 고원과 카메룬의 숲, 티베트의 산이 입 안으로 들어온다. 그렇게 진짜 여행은 나의 작은 부엌에서, 보글보글 끓고 있는 솥단지와 절구통 안에서 시작된다.

# 오 솔레 미오

이탈리아 식품점, 살보
Salvo olio e vino en vrac

마담 지니에의 리탈리앵
L'Italien

예전에는 이탈리아에 가면 먹느라 바빴다. 아침에는 피스타치오 크림이 든 코르네토(크루아상)며 카놀리 같은 작은 과자에 진득한 에스프레소를 마시고, 점심에는 오밀조밀한 안티파스토로 시작하는 간단한 정찬을 먹는다. 저녁 전에는 바에 들러 술 한 잔에 올리브며 안초비 같은 자잘한 안주를 곁들인다. 그곳이 베네치아라면 프로세코에 복숭아를 갈아 넣은 벨리니, 토스카나라면 화이트 와인, 풀리아라면 오렌지빛이 영롱한 캄파리 스프리츠를 마신다. 저녁은 제대로 된 정찬을 내는 리스토란테에 간다. 와인을 홀짝홀짝 마셔 가며 파스타 두 종류에 생선과 고기를 거쳐 디저트까지 고스란히 배 속에 넣고 나면 하루가 끝난다.

풀리아의 할머니들이 앉은 자리에서 두툼한 손으로 반죽을 숭숭 잘라 빚어주는 파스타 오레키에테orecchiette, 안개가 하얗게 내려앉은 볼로냐에서 후후 불며 먹는 쫀득한 뇨끼, 해가 지는 토스카나의 작은 마을에서 종소리를 들으며 마시는 달달한 디저트 와인 빈산토vin santo와 아몬드가 들어간 딱딱한 과자 칸투치니cantuccini(비스코티)…. 지방마다 특산물은 왜 이렇게 많고, 또 하나같이 어찌나 유혹적인지 정신을 차릴 수가 없었다.

식사와 식사 사이의 빈 시간에는 식품점이며 마트를 구경했다. 마트만 가도 맛있는 게 너무 많은 데다 무엇보다 저렴했다. 어디를 가든 파스타며 과자, 이탈리아식 허브 양념 믹스를 한가득 사는 바람에 여행의 끝에는 먹거리들로 늘 가방이 터져 나갔다. 다 들고 가지 못하는 게 아쉬워서 짐 가방을 하나 더 사야 하는 게 아닐까 매번 고민했다. 그러고도 떠나자마자 다음 여행을 기약할 만큼 이탈리아는 유럽에서 가장 먹을 게 많은 나라였다.

그런데 요즘은 이탈리아에 가도 뭐든 예전만 못하다는 생각이 든다. 심지어 프로슈토와 치즈도 파리의 단골 이탈리아 식품점보다 못할 때가 많다. 왜 이렇게 시들해졌을까? 내가 나이가 든 걸까? 설마, 이탈리아에 무슨 일이 생긴 걸까?

언젠가 시칠리아의 항구 도시 트라파니에서 장대비로 온 시내가 물바다가 되는 통에 꼼짝없이 레스토랑에 갇힌 적이 있었다. 비가 그치기를 기다리면서 남편과 나는 시간이 난 김에 이 현상에 대해 진지하게 얘기를 나눴다. 걸쭉하고 고소한 토마토 국물에 홍합과 새우, 온갖 생선과 구운 바게트를 넣고 이탈리안 파슬리를 듬뿍 올린 트라파니식 해물탕에 리코타 치즈와 초콜릿을 얹은 촉촉한 케이크인 카사타를 연이어 먹으면서 우리가 도달한 결론은 이랬다.

십여 년 사이 파리의 이탈리아 식품점 수준이 괄목할 정도로 높아졌다는 것이다. 특히 6, 7년 전부터 갑자기 질 좋고 맛있는 이탈리아 식품을 파는 전문점이 대거 늘어났다. 예전에는 직접 이탈리아에 갔을 때나 먹을 수 있었던 기름기가 잘잘 흐르는 짭짤한 프로슈토와 얇은 피 안에 우유를 고스란히 가둔 듯한 부라타 치즈, 갓 만든 쫄깃하고 담백한 모차

렐라를 이제는 어렵지 않게 살 수 있다. 급기야 이탈리아 식품점으로 뉴욕에서 대성공을 거둔 이탈리Eataly가 마레 한가운데에 2층짜리 콘셉트 스토어를 열기도 했다.

이탈리아 음식을 바라보는 프랑스인들의 시각도 많이 달라졌다. 프랑스인들에게 파트pâte, 즉 국수는 수프와 더불어 먹을 게 없을 때나 먹는 끼니를 때우는 음식이다. 덕분에 파스타는 오로지 국수라는 이유로 정찬 테이블에서 무시당하기 일쑤였다. 물론 여기에는 '유럽 음식의 종주국은 프랑스'라는 프랑스인들의 열렬한 자부심도 한몫했을 테다. 아무리 비싼 랍스터를 넣은 파스타라도 프랑스인들은 여전히 손님 초대상에 파스타를 올리는 걸 꺼린다. 제대로 된 봉골레 한 접시를 만들기 위해서는 고기보다 비싼 조개를 잔뜩 넣어야 하지만 저녁 초대에 봉골레 파스타를 만들었다가는 뒷말을 들을 각오를 해야 한다.

파스타와 함께 이탈리아 음식의 간판스타인 피자도 마찬가지였다. 오랫동안 피자는 저렴한 패스트푸드라는 이미지를 벗지 못했다. 하지만 요즘은 발효가 잘 된 쫄깃한 도우에 진짜 화덕에서 구워 가장자리가 적당히 탄 피자를 먹기 위해 줄을 선다. 입소문이 자자한 몇몇 피자집은 몇 개월 전에 예

약해야 할 정도다. 달걀을 넣어 반죽한 얇고 넓은 탈리올리니 면을 곁들인 비둘기구이나 양젖 치즈인 페코리노와 신선한 리코타 치즈를 넣은 송아지 스튜, 참치와 온갖 채소를 다져 속을 꽉 채운 이탈리아식 만두인 토르텔리니 같은 본격적인 이탈리아 음식을 내놓는 식당도 많아졌다.

알리그르 시장 근처는 예전부터 이탈리아 이민자들이 많이 살아서 이탈리아 식품점이나 식당의 수준이 상당히 높다. 17세기부터 알리그르 시장을 포함한 포부르 생앙투안 지역은 가구 제작 장인들의 아틀리에가 즐비했다. 루이 14세 시대부터 프랑스의 산업을 진작시킬 목적으로 이 지역에서 생산한 가구에 세금을 면제해주었기 때문이다. 그래서 지금도 이 동네에는 큰 안뜰에 면한 고풍스러운 공방이 많다. 몇몇은 아직도 아틀리에로 쓰고 있는데 작은 유리창으로 일하는 광경을 구경하는 건 나의 작은 기쁨이다.

17세기판 세금 자유 지역을 찾아 전 유럽에서 몰려든 가구 제작 장인들 중에는 유독 이탈리아 출신들이 많았다. 몇몇 가구 제작 기술의 이름이 이탈리아어일 만큼 당시 이탈리아는 유럽 가구 제작의 중심지였으니 당연한 일이다. 일찌감치 이주해 가구 제작 공방으로 이름을 날린 장인들 외에

도 19세기부터 시작된 이탈리아 독립전쟁과 20세기 초반 무솔리니의 집권을 거치면서 이탈리아 이민자들은 날로 늘어났다. 1930년대에 알리그르 시장이 있는 파리 12구 주민의 태반은 이탈리아 이민자들이었다고 한다. 우리나라 사람만큼이나 자신들의 음식에 애착이 강한 이탈리아인들은 파리 11구와 12구를 리틀 이탈리아로 만들었다.

알리그르 시장 근처의 수많은 이탈리아 식품점 중에서 내가 가장 좋아하는 곳은 살보다. 일단 이 집은 물건 구성도 상당히 흥미롭지만 주인아저씨의 관상이 맛을 돋운다. 나는 유독 식품점이나 식당 주인에 관해서만큼은 '관상은 과학입니다'라는 말을 신봉한다. 제대로 관상을 볼 줄 아는 것은 아니지만 맛을 부르는 얼굴과 태도는 분명히 있다. 가령 문풍지 같은 얇은 입술을 파들파들 떠는 신경질적인 얼굴이거나 콘크리트 담벼락처럼 뚱한 얼굴을 한 주인이 파는 것은 무엇이건 간에 별로 맛있을 것 같지 않다. 프랑스에서는 유독 입술이 얇고 히스테릭한 얼굴을 많이 볼 수 있는데, 특히 화가 난 사춘기 소녀처럼 까다로울 듯한 인상은 외국인들의 비자를 연장해주는 체류증 센터에서 많이 볼 수 있다. 솔직히 식

품점에서까지 그런 얼굴을 보고 싶지는 않다. 식품점 주인의 태도도 상당히 중요하다. 보석을 박은 길고 화려한 손톱으로 햄을 싸 주거나 치렁치렁한 머리를 마구 흔들며 진득한 크림을 퍼 주면 곤란하다. 며칠 감지 않아 우수수 비듬이 내려앉은 떡 진 머리나 기름기가 반지르르한 얼굴로 빵을 집어 주는 것도 입맛을 돋우는 데에는 도움이 되지 않는다.

내가 생각하는 가장 이상적인 식품점 주인의 관상은 '봉비방bonvivant'의 얼굴이다. 봉비방은 좋아하는 것을 소중히 여기며 삶을 충실하게 즐기는 사람을 뜻한다. 활기차고 생기 있는 표정에 풍부한 제스처, 작은 일에도 푸하하 웃는 즐거움이 깃든 얼굴. 먹고 마시는 것에서 행복을 찾는 봉비방이 주인이라면 맛이 절로 날 듯해 단골이 되고 싶어진다.

살보의 주인 살바토레 칸타넬라 씨는 나의 관상론을 뒷받침해주는 훌륭한 예다. 보티첼리의 그림 속 소년들처럼 곱슬곱슬한 머리와 선량한 눈매, 통통하게 나온 배에 앞치마를 걸치고 손님을 맞이하는 아저씨는 그야말로 이탈리아적이다. 토스카나의 어느 외딴 마을에서 우연히 마주쳤다 해도 이상하지 않을 얼굴이라고나 할까. 자전거를 타고 출퇴근하다 마주치면 다정하게 '차오'라고 인사를 해주는데 그 인사

를 받을 때마다 이탈리아로 순간 이동한 기분이 든다.

살보에서는 일단 이탈리아에서 거대한 양철 저장고에 넣어 통째로 들여오는 와인이 맛있다. 병을 가져가면 큰 저장고와 연결된 수도꼭지에 대고 콸콸 부어준다. 이건 풀리아에서 온 유기농 와인이고, 저건 몬테풀치아노고…. 뭐든 물어보면 일일이 투박한 손가락으로 가리켜 가며 열심히 설명해준다. 손으로 가동하는 누름식 기계로 코르크 마개를 콕 봉하고 스탬프로 이름을 덜컥 찍어 라벨을 붙여주는 병을 받아들면 마시기도 전부터 마음이 몽글몽글해진다.

특히 살보의 스파클링 로제는 여름에 얻는 작은 행복이다. 로제라는 이름처럼 예쁜 핑크색에 보글보글 올라오는 섬세한 기포는 톡 쏘는 청량함으로 무더위를 날려준다. 올리브오일도 마찬가지다. 가을이 되면 종류와 원산지가 다른 갓 짠 올리브오일이 든 금속 저장통이 여럿 등장한다. 빈 병에 쪼르륵 따라주는 연둣빛 기름에서는 매미가 우렁차게 우는 한여름 오후에 파라솔 아래서 느긋하게 보내는 바캉스의 냄새가 난다.

계산대 맞은편의 쇼케이스에 든 모르타델라와 살라미, 프로슈토 같은 사퀴테리도 놓칠 수 없다. 칸타넬라 씨에 따르면 이탈리아의 고급 식당에만 납품하는 햄 메이커에서 직접 수입한 거라고 하는데 사실 그런 설명은 별로 필요하지 않다. 토스트한 빵에 그냥 척 올려 입에 넣으면 당장 다시 사러 가고 싶어질 정도니까. 부들부들하고 짭짤한 볼로냐식 햄인 모르타델라를 사면 두툼한 손으로 큰 덩어리를 꺼내 기계에 올려 착착 썰어주는데 부스러기처럼 떨어지는 작은 조각들은 덤으로 싸 준다.

여름이 되면 알리그르 시장 광장에 의자와 테이블을 내놓고 테라스 장사를 개시한다. 와인에 곁들이는 안주인 핫 샌드위치가 너무 잘 팔려서 무척 바쁜 때다. 칸타넬라 씨가 직접 만든 샌드위치는 치아바타에 햄과 부라타 치즈, 토마토 절임, 루콜라에 질 좋은 올리브오일을 듬뿍 뿌려 보기만 해도 군침이 돈다. 시칠리아인의 핏속에는 맛을 아는 유전자가 들어 있다더니 정말인가 보다. 시칠리아의 비앙카빌라 Biancavilla라는 작은 마을 출신인 아저씨의 손맛은 정말 대단하다.


마담 지니에가 운영하는 마르셰 보보의 이탈리아 식품점에도 자주 간다. 단정한 짧은 머리에 안경을 쓰고 앞치마를 한 마담 지니에는 식품점 주인이라기보다 성실한 운동부원 같은 인상이다. 작지만 단단한 체격에 말투도 씩씩하고 시원시원하다. 아니나 다를까, 마라톤 등 평소에 여러 운동을 열심히 하는 건강파다. 마담 지니에는 현재 마르셰 보보에서 가장 오래 가게를 운영해온 상인이기도 하다. 다른 가게들이 세대교체를 이루며 주인이 바뀌는 사이에도 1976년부터 한결같이 지금의 자리를 지켰다.

그녀는 이 거리의 산증인답게 살짝만 건드려도 재미난 뒷이야기들을 줄줄이 들려준다. '맞은편 가게의 송아지 머리는…'으로 시작하는 비방문을 가게 전면에 걸어놓고 전쟁을 치른 두 샤퀴테리 가게의 안주인들 이야기며 1980년대 초반에 볼만했던 두 닭집의 살벌한 경쟁까지 그녀는 모든 것을 생생하게 기억하고 있다. 점심을 함께 먹으며 들은 그녀의 시장 이야기는 너무나 재미있어서 나는 언젠가 그 이야기들로 소설을 써보고 싶었다. 과연 그런 날이 올지는 모르겠지만.

이탈리아 식품점을 운영하는 어머니에게서 태어나 스무 살 때부터 가게를 운영해온 마담 지니에는 프로 중의 프로다. 굵은 통후추를 넣고 동그랗게 만 질 좋은 판체타, 펜넬 씨앗과 파르마산 치즈로 맛을 낸 이탈리아 소시지, 앙증맞은 라비올리…. 48년의 경력자답게 직접 사입하는 모든 것들은 훌륭한 가성비를 자랑한다. 요령 있는 상인들이 대개 그렇듯 그녀는 손님들의 동향도 꿰뚫고 있다. 여름이 되면 샐러드를 만들 요량으로 네 배나 더 팔리는 버팔로 모차렐라와 부라타를 떨어지지 않게 들여놓는다. 간단하게 요리해서 빨리 먹을 수 있는 볼로냐식 라자냐나 라비올리는 늘 인기가 많다.

덕분에 매출을 올리는 데에는 도움이 되지만, 마담 지니에는 요리에는 별 뜻이 없는 손님들이 탐탁지 않다는 듯 입을 삐죽인다. 티라미수처럼 20분이면 만들 수 있는 간단한 디저트를 잔뜩 주문하거나 디너파티용 라자냐를 몇백 유로씩이나 사 가는 손님을 보며 고개를 절레절레 흔든다. 미리 만들어둔 음식을 파는 상인에게는 호시절이지만 그래도 요즘 사람들은 지나치게 요리를 귀찮아한다!

그래서인지 결국 그녀는 안타깝게도 팔리지 않고 자리만 차지하는 폴렌타를 퇴출시켜야 했다. 옥수수 가루를 육수나 우유에 넣어 걸쭉하게 만든 폴렌타는 주로 오소부코 같은 고기 요리와 함께 먹는 이탈리아의 가정식이다. 노란빛에 짭짤하고 부드러운 폴렌타는 대단한 요리라고는 할 수 없지만 우리의 강냉이처럼 질리지 않아서 끝없이 먹을 수 있다. 재료

NO 36" PIMENT 35" PISTAC

라고는 옥수수 가루에 육수나 우유, 파르마산 치즈, 약간의 크림이 전부라 무척 경제적이기까지 한 폴렌타는 그러나 바쁜 현대 생활과는 맞지 않는 치명적인 단점이 하나 있다. 육수나 우유를 넣은 옥수수 가루를 불 위에서 대략 한 시간 이상 쉼 없이 저어주어야 한다는 것이다.

"우리 집 폴렌타는 절반이나 익혀 놓은 거라 그렇게 오래 저을 필요도 없었는데!" 마담 지니에는 분통이 터진다는 듯 목소리를 높인다. 그렇지만 여러 가지 일을 한 번에 해치우는 멀티 플레이어가 미덕인 세상에서 팔이 아프도록 옥수수 가루를 젓는 인내심을 기대하기란 어려운 일이다.

이탈리아 소시지에 토마토와 가지를 넣어 후루룩 볶은 파스타, 조개 맛이 짭짤하게 밴 봉골레, 간 고기에 토마토와 온갖 채소를 넣고 뭉근하게 끓인 라구…. 나에게 제철 재료로 만든 맛있는 파스타는 질 좋은 평상복 같은 존재다. 캐주얼하고 편안하지만 결코 미흡하지 않은 한 끼.

그런데 살바토레 칸타넬라 씨에 따르면 비행기를 타고 이탈리아 식재료가 실시간으로 파리에 도착하는 시대임에도 불구하고 프랑스에서는 구하지 못하는 이탈리아의 진미 두

가지가 있다고 한다. 아무리 프랑스 농산물이 좋다 해도 도저히 이탈리아 것을 따라갈 수 없다는 두 가지 진미는 펜넬과 토마토다. 아, 미켈란젤로가 사랑해 마지않던 펜넬! 미켈란젤로는 피렌체의 시장에서 펜넬이 든 수프를 사 먹으며 그의 찬란한 명작들을 완성했다. 시칠리아에서 제일 큰 시장인 팔레르모의 부치리아 시장에서 큰 소리로 포모도리(토마토)를 외치던 상인들의 기세등등한 목소리가 떠오른다. 중간의 '도'를 휘모리장단으로 발음하던 그들의 좌판에는 조글조글하고 작은 시칠리아 노지의 토마토들이 잔뜩 쌓여 있었다. 그러고 보니 잊고 있었다. 모든 것을 다 수입해 올 수 있어도 가지고 올 수 없는 것들이 있음을. 이탈리아에만 있는 태양, 파리에는 없는 '오 솔레 미오'를 잊고 있었던 어리석음이여!

# 오후의 라디오

빈티지 가게, 메종 퀴예레
Maison Cuilleret

그 작은 사무실에는 늘 노란 스탠드가 켜져 있었다. 서류
가 잔뜩 꽂힌 사무용 책장과 거리를 바라볼 수 있게 놓인 책
상이 하나 있을 뿐 간판도 사무실 이름도 적혀 있지 않아서
나중에야 그곳이 보험 사정인 사무실이라는 것을 알게 되었
다. 호기심이 많아 여기저기를 기웃거리는 게 습관인 나는
그 앞을 지나다가 책상에 앉아 있는 여자와 자주 눈이 마주
쳤다. 60대 후반쯤 됐을까?

여러 해 동안 그 길을 오가면서 어느새 그녀와 나는 서로 눈인사를 나누는 사이가 되었다. 그러던 어느 날 그 사무실 창문에 포스터가 붙어 있는 게 눈에 들어왔다.

'메종 퀴예레의 크리스마스 팝업 스토어.'

평범한 사무실에서 팝업 스토어를 연다고? 책상 하나에 서류 책장으로 꽉 차 있는 이 작은 사무실에서? 두더지가 땅을 파듯 포스터를 열심히 보고 있는 나를 발견한 그녀는 손짓을 하며 벌떡 일어나 문을 열었다. 마치 그림 속의 여인이 불쑥 튀어나와 말을 거는 듯한 착각이 일었다.

"우리 아들과 며느리가 다음 주 주말부터 빈티지 그릇 팝업을 열어요."

그러고 보니 서류 책장과 책상 아래에는 신문지로 싼 접시 더미와 수프와 테린 그릇, 냄비, 크리스털 잔이 담긴 상자들이 놓여 있었다.


"아니, 그분은 네가 빈티지를 좋아한다는 걸 어떻게 알았대? 정말이지 대어를 낚았네."

남편은 약간 비아냥거림이 섞인 말투로 잠재 고객을 대번에 알아본 그녀의 눈썰미에 감탄했다. 1960년대에 지어진

아파트를 태연하게 '현대식'이라고 부르는 프랑스인들은 역시나 옛날 물건도 잘 사용한다. 저녁 초대를 받아서 가보면 할머니가 쓰던 크리스털 잔이나 은수저, 시골집에나 어울릴 법한 장식장과 안락의자를 여전히 쓰고 있는 사람들이 많다. '프랑스인들은 오래된 것도 소중히 여기니까'라는 게 일반적인 감상일 테지만 실은 그렇지 않은 경우가 많다. '골동품이니 아껴야지' 하는 마음이라든가 '예쁘니까 귀중하게 써야겠어' 하는 애정의 발로가 아니다. 굳이 이유를 따지자면 '멀쩡한데 새것을 살 필요는 없잖아' 정도의 마음이라고나 할까.

남편은 무엇이든 버리지 못하는 어머니 덕분에 왕고모가 직접 자수를 놓은 리넨 냅킨과 할머니의 혼수품인 은수저 세트, 그 외에 얼굴도 모르는 조상들이 쓰던 접시와 가구가 아무렇지도 않게 놓여 있는 집에서 자랐다. 그래서인지 빈티지라는 이름 아래 옛날 물건에 말도 안 되는 가격을 붙여 놓은 요즘의 작태에 콧방귀를 뀐다. 리카르Ricard 마크가 새겨진 1960년대 술병이 70유로라고? 그건 사은품으로 그냥 주는 거였다고! 이런 사기꾼들이 있나! 남편에게 빈티지란 수집이나 판매의 대상이 아니라 그냥 평범하고 오래된 생활용

품일 뿐이다. 개러지 세일에서도 팔리지 않아 거저 주는 물건들, 살 생각도 팔 생각도 하지 않는 게 정상인 물건들이다.

"이 빠진 접시를 돈을 주고 사겠다고? 미쳤어?"

남편의 불행은 다름 아닌 그 미친 사람이 자기 집에 살고 있다는 데에서 출발한다. 어디를 가나 브로캉트(골동품 시장)가 열린다는 전단지에 눈을 반짝이고 증조할머니가 썼을 법한 낡은 국자와 찌그러진 대형 구리 잼 냄비를 가지고 싶어 하는 여자, 바로 나다. 나는 빈티지를 좋아한다. 우리 집 그릇장에는 19세기부터 1970년대까지 세월을 망라한 빈티지 그릇들이 층층이 쌓여 있다.

요즘에는 가격이 많이 올랐다지만 나의 빈티지 그릇은 훌륭한 혈통을 자랑하는 수집용 앤티크와는 거리가 멀다. 애당초 일반 가정용으로 만들어진 데다 오랜 세월 개수대에서 솔질을 당하다 보니 이래저래 흠집도 많다. 그래서인지 남편은 나의 그릇들을 우습게 보고 자꾸 우리 집에 온 손님들에게 선물로 주고 싶어 한다. 미니멀리스트인 그는 그릇장을 싹 정리하고 싶은 마음일 테다. 누군가 그릇을 칭찬하면 반색하며 어서 가져가라고 등을 떠미는 그릇 중에는 제법 비싼 가격을 주고 산 것들도 있다. 하지만 남편의 정신 건강을 위해 늘 가격을 10분의 1로 줄여서 이야기하기 때문에 그는 진짜 가격을 상상조차 하지 못한다.

나는 18세기 가구 감정을 공부했다. 감정사 사무실과 앤티크 가구 전문 갤러리에서 일했으며 19세기 프랑스 식당 가구를 주제로 논문을 쓰고 장식미술사에 관한 책을 여러 권 출간했다. 이런 나의 이력을 아는 사람들은 으레 내가 앤티크를 수집하는 줄 안다. 그렇지만 감정사가 되는 훈련을 받다 보면 루이 15세 시대 의자의 다리 모양이나 18세기 유명 가구 제작자의 사인을 판별하는 법이 전부가 아니라는 것을 알게 된다. 의자 등받이나 장식장의 청동 손잡이보다 더 중요한 것은 그것이 품고 있는 이야기다. 마리 앙투아네트가 쓰던 테이블은 같은 제작자가 만든 다른 테이블보다 훨씬 고가에 거래된다. 이런 가격 차이는 마리 앙투아네트라는 인물에게서 온다. 결국 서사의 가치인 것이다.

비단 앤티크만 그런 게 아니다. 누구나 구할 수 있는 물건이라도 유명 연예인의 소장품은 다들 가지고 싶어 한다. 감정사는 단지 작품에 가격을 매기는 사람이 아니라 작품 너머의 서사를 알아내고 더 많은 가치를 인정받을 수 있도록 돕는 사람이다. 고문서와 옛날 신문, 잡지 등 서지 자료를 바탕으로 사물의 역사를 설득력 있는 이야기로 만들어내는 사람, 그가 바로 좋은 감정사다.

허술하고 신통치 않은 생활 빈티지 속에도 나름의 이야기가 있다. 이를테면 우리 집의 와인 잔은 20세기 초반의 물건이다. 사람이 입으로 불고 망치로 두드려 유리잔을 만들던 시절의 물건이라 굴곡도 많고 중간중간 티끌과 기포도 보인다. 두터워서 입에 닿는 느낌도 좋지 않다. 깃대처럼 투명하고 얇은 요즘의 와인 잔이 세련된 파리지엔이라면 이쪽은 퉁명스럽고 촌스러운 산골 소녀다.

그렇지만 나는 너무나 완벽해서 아무런 이야기도 상상할 수 없는 와인 잔보다는 우리 집의 오래된 와인 잔이 훨씬 좋다. 유리 속에 작게 맺힌 공기 방울을 보면 이 유리를 부느라 볼을 부풀렸을 1920년대의 누군가가 떠오른다. 그는 유리 공장에서 유리를 만드는 월급쟁이 기술자였을 것이다. 그 시대에도 분명 기포 하나 없는 유리잔을 만들 수 있는 장인들이 있었고 손가락으로 튕기면 성당의 종소리가 나는 고급 크리스털 잔도 있었다. 그러나 내 유리잔은 한때 파리의 비스트로 어디를 가나 테이블 위에 놓여 있었을 평범한 잔이다.

이 잔은 나에게 오기 전에 어디에 있었을까? 그 시절 레스토랑의 풍경이 담긴 옛날 엽서에서 이런 잔들을 본 적이 있다. 식당에서 아직 담배를 피우던 시대, 재떨이와 먹다 남은 음식이 담긴 접시가 늘어선 테이블 위에는 내 것과 비슷한 유리잔들이 즐비하게 놓여 있었다.

생활 빈티지들의 이야기에는 루이 14세나 마리 앙투아네트 같은 역사적인 인물도 등장하지 않고 별로 스펙터클한 사연도 없다. 그렇지만 나는 오래된 나의 와인 잔이 들려주는 지난 시대의 일상에 설명할 수 없는 애착을 느낀다. 사소하지만 귀여운 이야기들은 조근조근한 목소리를 가진 디제이가 찬찬히 사연을 읽어주는 오후의 라디오 프로그램 같다. 그럴 듯한 이야기는 하나도 나오지 않지만 잔잔하고 친근해서 듣고 있으면 마음이 편안해지는 라디오 프로그램을 틀어놓은 것처럼 빈티지 그릇을 닦고 촛대를 손질한다.

나는 그 주말 메종 퀴예레의 팝업 스토어에 들러 접시와 수프 그릇을 샀고, 그녀의 아들인 막심과 며느리인 마들렌을 알게 됐다. 그야말로 빈티지 전성시대가 아닌가 싶을 정도로 요즘 프랑스에는 빈티지를 취급하는 가게와 인터넷 사

이트가 많이 등장했다. 종류도 각양각색이다. 촬영과 이벤트에 빈티지 소품을 대여해주는 업체가 있는가 하면 개인 빈티지 판매자를 위한 인터넷 플랫폼, 빈티지 판매점을 겸한 카페 등 다양하다. 캡처해서 간직하고 싶을 정도로 사진도 예쁘고, 홍보도 잘하는 주인들의 면면을 들여다보면 다들 막심과 마들렌처럼 많아야 삼십 대 초반이다. 우리나라보다는 고용 안정성이 높은 프랑스지만 평생직장이란 이제 여기서도 무척 드문 일이 되었다. 작더라도 자기 사업을 꾸리고 싶어 하고 환경이나 리사이클링에 관심이 지대한 프랑스의 이십 대, 삼십 대에게 빈티지는 여러모로 제대로 된 사업 아이템으로 자리 잡았다. 게다가 자본금을 들여 가게를 내지 않아도 인스타그램이나 인터넷 플랫폼에서 얼마든지 빈티지를 거래할 수 있다.

20년 전만 해도 골동품상이라고 하면 귀신이라도 나올 것 같은 오래된 가게에서 골동품을 산같이 쌓아두고 말도 안 되는 가격으로 관광객들에게 바가지를 씌우는 사기꾼에 가까웠다. 그러나 요즘의 신세대 골동품상들은 확실히 그들과 다르다. 20세기 파이앙스 그릇, 1960년대 의자 등 자신의 전문 분야를 개척하면서 빈티지 숍을 브랜드로 키워 나간다.

부르는 게 값이던 관행도 많이 바뀌었다. 요즘은 누구나 알아볼 수 있도록 가격을 적어놓고 정찰제로 판매하는 곳이 많아졌다.

로레알 그룹에서 마케팅을 담당했던 마들렌과 앱 개발자였던 막심은 소상공인을 위한 앱을 개발하다가 빈티지의 세계를 접했다. 신혼여행을 가는 대신 밴을 빌려 전국을 누비며 빈티지를 찾아다니는 아들과 며느리를 본 막심의 엄마는 기가 막혔을 거다. 뭔가 해보겠다니까 사무실을 빌려주고 지나다니는 이들을 붙잡고 홍보도 하면서 힘껏 돕고 있지만 얼굴에는 '과연?'이라는 물음표가 떠 있다. 문득 아들 때문에 속상해하는 남편의 친구가 떠올랐다. 그의 아들은 월급도 많이 주고 복지 혜택도 좋은 대형 정유 회사를 때려치우고, 듣도 보도 못한 친환경 단체에서 일한다. '도대체 왜?' 그는 그런 아들을 이해하지 못한다.

겨울 내내 엄마의 사무실을 빌려 주말 팝업 스토어를 열었던 막심과 마들렌은 반년 만에 동네 놀이터 옆에 메종 퀴예레를 정식으로 오픈했다. 직접 페인트를 칠하고 조명을 달아 꾸민 가게는 싱크대 곁에 할머니 집에서 가져온 널찍한 시골풍 테이블을 갖다 놓아 진짜 여느 집 부엌 같다. 빈티지뿐

만 아니라 드부이에<sup>de Buyer</sup> 철팬이나 올리브나무 도마와 절구, 손잡이가 달린 옛날식 치즈 강판 등 요리를 좋아하는 이들이라면 탐낼 만한 물건들이 많다. 나는 짝이 맞지 않거나 손상이 심해 싸게 파는 접시들을 담아놓은 바구니를 뒤져서 나만의 보물을 건지곤 한다. 예쁜 원피스를 칭찬하면 까르르 웃으며 그 자리에서 상표를 뒤집어 보여주는 발랄한 마들렌, 사진 촬영과 사이트 관리 등을 척척 해내는 막심과 수다를 떠는 즐거움은 덤이다.

얼마 전에는 가게에 들렀더니 막심의 엄마, 즉 보험 사정인인 그녀가 계산대를 지키고 있었다. 서른 살 생일을 기념해 친구들과 여행을 떠나버린 아들과 며느리 대신에 가게를 떠맡았다고 한다. 가게를 지켜야지 놀러 갈 생각만 한다고 그녀는 고개를 도리도리 흔든다. 자식을 향한 엄마의 푸념과 걱정이란 역시 동서양을 가리지 않고 똑같다.

나는 알리그르 광장에서 매일 펼쳐지는 벼룩시장도 자주 들른다. 18세기 말에 알리그르 시장이 처음 세워진 시절, 동네 주민들의 물물교환 장터로 출발한 알리그르 벼룩시장은 그때나 지금이나 방브나 생앙투안 같은 전문적인 골동품 시장과는 거리가 멀다. 이 시장의 주 고객은 장 보러 나온 동네 사람들이다. 1유로짜리 헌책과 1970년대 히트작에 바흐의 소나타까지 망라된 레코드판, 타르트 틀, 부침개 뒤집개, 꽃병, 식탁보, 채반 등 온갖 생활용품이 짐칸에서 우르르 쏟아진 그대로 쌓여 있다. 생활 밀착형 벼룩시장인 셈이다.

매일 물건이 바뀌기 때문에 보석 같은 물건을 건지는 날도 있지만 허접한 물건만 가득한 날도 있다. 시장을 둘러보러 가는 길에 쓰윽 지나치면서 그날의 운을 시험해본다. 사실 나는 이 시장에서 많은 보물을 건졌다. 남편은 촌스럽다고 하지만 내가 운영하는 '지은 집밥'의 수강생들이 다들 좋아하는 프랑스 치즈 지도가 그려진 접시, 반 고흐의 그림 속 네덜란드 농민들이 차를 마실 때 썼을 것 같은 도기 컵, 밀크 글라스로 만들어진 촛대….

우리 집에서 빈티지 용품들은 일상용품으로 당당히 활약하고 있다. 장식장에 넣고 구경만 해야 하는 물건은 사지 않는다. 가령 시어머니는 크리스마스에나 꺼내 쓰는 은수저를 우리 집에서는 일상 수저로 쓰고 있다. 요즘은 약품들이 굉장히 좋아져서 의외로 세척하는 데 손이 많이 가지 않는다. 관리가 어렵다는 선입견 때문에 가격마저 매우 떨어져 부담

이 없다. 믿기지 않겠지만 알레시 같은 유명 디자인 브랜드의 스테인리스 수저 세트보다 저렴하다.

뭐든 세트로 구매하기보다 하나씩 사서 조합해보는 걸 좋아하는 성향은 빈티지를 사는 데 큰 도움이 된다. 나는 하나씩밖에 없어서 싼값에 파는 20세기 초반의 접시를 식기로 쓴다. 20세기 초반의 포슬린이나 파이앙스는 식기 세척기에 돌려도 색이 변하거나 손상되지 않아서 편리하다. 반면 아무리 예뻐도 식기 세척기에 넣지 못하는 그릇은 사지 않는다. 집이 좁기도 하거니와 나에겐 청소와 관리가 너무 힘겹다. 공부하고 감정하면서 많이 다뤄보았던 18세기 작품급 가구를 사지 않는 것도 그래서다. 다섯 자리가 넘는 가격도 나에게는 무리지만 무엇보다 작품을 관리하고 보존하는 데 드는 비용과 노력이 부담스럽다. 작품급 가구들은 때마다 큰돈을 들여 천갈이를 하고 전문 장인에게 보내 광택제와 보존제를 발라 가꿔줄 수 있는 주인을 만나야 한다.

대신 나는 농가에서 쓰던 테이블을 구입했다. 상판이 두툼하고 다리가 튼튼해서 마음 놓고 사용할 수 있다. 방망이로 파이 반죽을 쭉쭉 밀고 채소를 가득 올려놓고 손질해도 전혀 거리낄 게 없는 테이블이다. 식탁 의자는 핀란드 디자

LES HOMMES DE LA LIBERTÉ

LOUIS de SAINT - JUST (1767 - 1794)

이너 일마리 타피오바라Ilmari Tapiovaara의 파네트 빈티지 의자와 쿠션이 푹신한 1970년대 찰스 폴록Charles Pollock의 가죽 의자, 토네트Thonet 의자를 혼합해서 쓰고 있다. 플라스틱 셸에 잘 바랜 다갈색 가죽이 보기 좋은 폴록 의자와 누가 봐도 북유럽 디자인인 파네트 의자, 빈의 카페에 안성맞춤인 토네트 의자는 좀체 어울리지 않을 것 같지만 재미있게도 별로 어색하지 않다. 개성 넘치는 여자아이들이 모인 응원단처럼 묘하게 잘 어울린다. 여섯 개 세트가 아니라 한두 개씩 구입하면 저렴할뿐더러 누가 그 의자에 앉나를 두고 재미있는 에피소드가 생기기도 한다.

우리 집에는 일명 '엉덩이 큰 사람을 위한 의자'가 있다. 빈티지 가게에서 우연히 구입한 것으로 다른 의자의 두 배나 되는 둥근 안장이 달려 있는 특이한 의자다. 초대 손님 중에 누군가 무심결에 '엉덩이 큰 사람을 위한 의자'에 앉으면 "이 의자는 엉덩이 큰 사람을 위한 의자인데요"로 이야기를 시작한다. 너무 오래되어 삐걱거리는 바람에 남편은 처분하고 싶어 하지만 그 의자는 모든 사람들을 웃게 하는 소중한 의자다.

새것보다 옛날 것을 좋아하는 취향 덕분에 나는 얼룩진 실크 스카프와 이 빠진 접시들 사이를 뒤적거리면서 쓸 만한 물건을 찾는 데 오랜 시간을 보낸다. 박스 가득 담긴 잡동사니들을 하나하나 건져 올리면서 나는 나뿐만 아니라 타인의 삶 역시 불완전하다는 것을 발견한다. 얼굴이 비칠 만큼 반짝이는 구리 냄비는 달걀 프라이 한 번에 아래가 새까맣게 변한다. 모처럼 근사한 요리를 하다가 값비싼 주물 냄비를 반쯤 태워 먹기도 한다. 아무리 닦고 지우고 기름을 치면서 가리려고 애써도 잡지 속에 나오는 완벽하고 매끈한 삶을 살 수 없다. 그릇을 깨뜨리기도 하고, 가구에 얼룩이 묻거나 기름이 튀기도 한다. 천장에서 물이 새기도 하고 하수관이 막히기도 한다. 그리고 그 모든 사건들은 흔적이 되어 물건 위에 고스란히 남는다. 이가 빠진 접시, 꼭지가 떨어져 나간 뚜껑, 깨진 손잡이를 도로 붙여 놓은 컵, 흔들거리는 의자….

하지만 뒤돌아보면 결국 삶의 모든 이야기는 그 불완전함에서 나온다. 아름답고 행복한 에피소드만 무한 되풀이되는 소설이 있다면 지루해서 끝까지 읽을 수 없을 것이다. 갈등을 겪고 역경을 통과하는 주인공에게 박수를 보내는 것은 그 이야기가 우리 모두의 이야기이기 때문이다. 그러니 통제할

수 없는 난관과 재난으로 가득한 삶에서 누군가의 곁을 지키던 물건들이 어떻게 온전할 수 있을까. 어떻게 늘 새것일 수 있을까. 이가 빠진 접시를 닦고, 기포가 보이는 와인 잔을 쓰면서 나는 이 물건들에 남아 있는 생채기를 보듬는다. 그렇게 불완전한 삶을 긍정하는 또 다른 방법을 배운다.

# 아페로 어때?

와인 바, 르 바롱 루즈
Le Baron Rouge

딱히 약속이 없는 금요일 저녁, 시계가 7시를 가리키면 남편과 나는 동네 마실을 나선다. 월요일부터 금요일까지 무사히 한 주를 마친 우리에게는 아페로<sup>apéro</sup>의 격려가 필요하다. 금요일 저녁의 아페로는 주말이 시작되었다는 공식 선포이기도 하다. 이번 주말에 무엇을 먹고 어디를 가볼지는 모두 아페로 테이블에서 결정된다.

프랑스인들의 일상 의례라고도 할 수 있는 아페로는 식사전에 음료를 즐기며 긴장을 푸는 시간을 뜻한다. 프랑스의 모든 의례가 그렇듯 적당히 허술해서 딱 몇 시라고 정해진 시간은 없다. 심지어 쨍쨍한 햇살 아래 수영을 즐길 수 있는 축복받은 남부에서는 정오가 되기 전부터 시작되기도 한다.

프랑스에서 "아페로 어때?"라는 말은 여러 가지 의미로 해석될 수 있다. 가령 공원에서 조깅을 하다가 처음 만난 남녀에게 '아페로 어때?'는 너에 대해서 더 알고 싶다는 그린 라이트다. 가족과 함께 떠난 바캉스에서 '아페로는 7시야'란 말은 낮에는 알아서 보내되 7시에는 얼굴을 보자는 뜻이다. 오랜만에 만난 친구 사이에서 '아페로나 한 잔 하지'는 허심탄회하게 사는 이야기나 해보자는 따뜻한 제의이며, 서로 앙숙이라면 과거는 잊고 새롭게 출발하자는 화해의 제스처다.

아페로가 빼놓을 수 없는 일상이 된 프랑스에서 어떤 아페로는 언론에 대서특필될 만큼 시선을 끌기도 한다. 2019년 8월 여름 프랑스 대통령의 여름 바캉스지인 브레강송 요새를 방문한 러시아의 푸틴 대통령과 마크롱 대통령의 아페로는 언론의 비상한 관심을 모았다. 비아리츠 해변이 내려다보이는 테라스에 차려진 그날의 아페로 테이블에는 로제 와인과 함께 소시지 겉면에 후추와 소금을 발라 수분을 완전히 뺀

쪼글쪼글한 말린 소시지가 나왔다. 푸틴 대통령쯤 되면 어쩐지 금테 두른 화려한 상트페테르부르크 스타일의 포슬린 접시에 캐비아를 안주로 보드카를 들이킬 것 같은 인상이다. 그런 푸틴 대통령에게 프랑스 시골 할아버지가 연상되는 말린 소시지 안주를 대접하다니 상상만 해도 웃음이 터진다.

파리를 비롯한 프랑스 대도시에서 아페로는 미국식 '애프터워크'와 결합해 막강한 영향력을 발휘한다. 저녁 6시쯤 되면 바나 레스토랑은 일제히 오늘의 아페로 칵테일이나 해피 아워 메뉴판을 내건다. 회식 문화가 없는 대신 직장인들은 아페로를 통해 친목을 다진다. 친구들과 모임을 가질 때도 바로 식당으로 직행하는 일은 드물다. 우선 느긋하게 술을 한 잔씩 마시며 서로의 안부를 묻는 것으로 운을 뗀다. 아페로는 심각하지 않다는 점에서 본격적인 식사를 하기에는 다소 멋쩍은 상대를 만날 때도 유용하다. 이를테면 데이트 앱에서 만난 상대를 처음 대면할 때처럼 말이다. 우리나라의 '차나 한 잔?'이 프랑스에서는 '아페로 어때?'가 되는 거다.

집에서 입던 옷 그대로 슬리퍼를 끌고 편하게 나서는 남편과 나의 주말 아페로 성지는 집 근처의 르 바롱 루즈다. '빨강 남작'이라는 뜻의 이곳은 1979년부터 알리그르 시장 어귀에 자리 잡은 꽤 전설적인 선술집이다. 17년간 이 바를 운영해온 세바스티앵의 말로는 내부며 외관까지 그때 그대로라고 한다. 양철을 씌운 바에 와인을 저장하는 참나무통 뚜껑으로 만든 간판, 빨간 페인트를 칠한 외관이며 수많은 술꾼들의 발걸음으로 닳고 닳은 타일 바닥도 그대로다. 북유럽풍 가구가 대유행하면서 동네 빵집마저도 번드르르하게 새 단장하기 시작한 코로나 팬데믹 직후에도 르 바롱 루즈는 끄덕하지 않았다.

아무리 세상이 분초 단위로 변하는 시대가 됐어도 로마인들이 욕장을 건설하던 까마득한 옛날부터 지금까지 수천 겹의 역사가 쌓인 파리에서는 변하지 않는 것들에 더 가치를 둔다. 르 바롱 루즈는 전통 프렌치 스타일의 바를 찾아 헤매는 관광객들의 레이더에 걸려 영어와 일본어가 여기저기서 들리는 '핫 플레이스'로 등극한 지 오래다. 그렇지만 여전히 아페로 시간이 되면 베레모를 쓴 나이 지긋한 할아버지부터 낡은 청바지에 슬링백을 걸쳐 멘 이십 대까지 동네 사람들이 한 잔을 위해 모여든다.

르 바롱 루즈는 말 그대로 '한 잔'을 하기에 더없이 안성맞

춤인 장소다. 바의 위쪽 벽면에 촘촘히 걸어둔 칠판에 적힌 모든 와인들을 잔으로 주문할 수 있기 때문이다. 2020년산 상세르도, 2018년산 프롱삭도 한 잔씩 잔술로 마실 수 있다. 뿐만 아니라 와인 잔의 절반이 훌쩍 넘도록 넉넉하게 채워준다. 이렇게 60여 가지가 넘는 와인을 모두 잔술로 마셔볼 수 있는 곳은 흔치 않다. 더구나 이곳은 와인 한 잔에 10유로가 넘는 가격을 태연히 내거는 파리다. 늘 그저 그런 주머니 사정을 부끄럽게 만드는 가격만 보다가 한 잔에 3유로, 4유로라는 은혜로운 가격이 붙은 르 바롱 루즈의 칠판을 보면 흐뭇해진다. 그렇다고 맛이 떨어지는 것도 아니다. 프랑스 각지의 생산자들이 와인을 납품하기 위해 일부러 찾아올 정도라서 어떤 것을 골라도 기대 이상의 맛을 즐길 수 있다.

아페로에는 보통 와인이나 맥주, 칵테일처럼 가벼운 술을 마신다. 아페로가 도시적인 사교 문화로 인기를 끌면서 매해 여름마다 아페로를 겨냥한 칵테일이 유행처럼 번졌다가 사라지는 현상이 반복되고 있다. '유행'이라면 콧방귀를 뀌는 이 나라에서 유일하게 유행하는 게 있다면 술과 먹거리다. 올가을의 청바지 스타일이나 명품 가방에는 시큰둥하면서 유명 제빵사가 새로 오픈했다는 케이크 집, 맛있다는 빵, 이

번 여름의 아페로 칵테일에는 다들 관심이 많다.

몇 해 전 파리지엔들의 인스타그램에는 온통 선글라스를 쓰고 보란 듯이 스프리츠 아페롤 잔을 들어 올리며 카메라를 향해 윙크를 날리는 영상으로 가득했다. 쌉쌀한 오렌지 향에 백 미터 밖에서도 눈에 띄는 형광빛 오렌지색이 특징인 아페롤에 프로세코와 탄산수를 섞은 스프리츠 아페롤은 어느 모로 보나 여름의 술이다. 보글보글한 기포를 품은 오렌지색 칵테일은 바닷가에서 보내는 여름 바캉스의 기억처럼 경쾌하고 가볍다. 그러나 올해는 어딜 가나 다들 스프리츠 생제르맹을 마시고 있다. 시럽을 만드는 데 쓸 만큼 단맛이 강한 딱총나무 꽃으로 만든 생제르맹에 프로세코나 샴페인을 섞은 스프리츠 생제르맹은 실은 1920년대에 유행했던 칵테일이다. 생산이 중단되면서 한동안 볼 수 없었던 생제르맹은 레시피를 물려받은 증손자의 의욕적인 마케팅 덕분에 파리지엔의 칵테일로 거듭났다.

지역색이 강한 프랑스에서 아페로에 무엇을 마시는가는 한 사람의 정체성과도 밀접하게 관련된다. 이를테면 프로방스에서 아페로는 두말할 것도 없이 아니스 향이 퐁퐁 풍기는 노란색 증류주인 파스티스 Pastis 병을 꺼내는 것으로 시작된

다. 알코올 도수가 45도인 파스티스는 너무 독해서 물을 타서 마신다. 리카르나 파스티스 51 같은 유명 상표를 보면 누가 봐도 '남부' 얼굴을 한 사람들의 걸걸한 사투리가 떠오른다. 보르도 근처에서는 리예Lillet를 빼놓을 수 없다. 달콤 쌉싸름한 절인 오렌지에 꿀맛이 스쳐 지나가는 리예는 얼음을 가득 채워야 제맛이다.

그래도 진정한 아페로의 고전은 역시 와인이다. 여름이면 얼음을 띄운 로제 와인이나 하얗게 서리가 낀 차가운 화이트 와인을, 겨울이면 칼칼한 목구멍을 보드랍게 감싸주는 레드 와인을 마신다. 최근에는 수제 맥주가 유행하면서 하얀 거품이 올라앉은 맥주잔을 아페로 테이블에서 보는 일이 많아졌지만 아직까지는 와인의 아성을 넘지 못했다.

술보다는 눈이 돌아갈 정도로 다양한 한 입 거리 안주가 많은 스페인이나 이탈리아와는 달리 프랑스에서 술을 시키면 기껏해야 작은 종지에 프레첼 과자나 피스타치오, 땅콩이 담겨 나온다. 르 바롱 루즈는 이마저도 없다. 그렇지만 잔을 들고 가게 바깥에 서서 수다를 떠느라 여념이 없는 사람들과 가게 안을 빽빽하게 메운 사람들 중 어느 누구도 불만이 없다. 짤랑짤랑 주머니에서 굴러다니는 동전으로 홀가분하게 마시는 술 한 잔만큼 좋은 게 없는 데다 어쨌거나 곧 저녁을 먹을 테니 말이다.

그래도 술을 마시다 보면 슬슬 배도 고파지고 무엇보다 입이 심심해진다. 특히 실컷 늦잠을 자고 난 뒤에 느적느적 한잔하러 나온 주말 점심 무렵에는 더욱더 그렇다. 르 바롱 루즈에서는 이런 고객들의 심리를 꿰뚫어 주말이면 바깥에 해산물 좌판을 마련해서 석화와 잔새우, 소라를 판다. 작고 짭짤한 새우와 특제 마요네즈를 곁들인 소라 접시가 눈앞에서 연달아 지나가면 주문하지 않고는 배길 재간이 없다. 선글라스를 쓰고 테라스 자리에 앉아 따뜻한 햇볕을 받으며 그 자리에서 쓱쓱 열어주는 석화에 샤블리를 한 병 시켜 곁들이면 이만하면 괜찮다 싶은 자족감이 든든하게 차오른다.

술꾼의 마음을 아주 잘 아는 사람이 작성한 게 틀림없는 안주 칠판에는 말린 소시송saucisson부터 훈제 마늘과 캉탈 치즈를 박은 소시지, 촉촉하고 기름진 오리고기를 눌러 만든 페이스트인 리예트rillette, 피레네산 양젖 치즈와 올리브오일에 절인 정어리, 천일염과 버터에 찍어 먹는 아삭한 래디시가 올라가 있다. 무엇을 시키든 '아페로 디나투아apéros dinatoires'

로 이어지기 안성맞춤이다.

아페로 디나투아는 말 그대로 안주로 저녁을 대신하는 것을 뜻한다. 안주를 팔아 매상을 올리고 싶어 하는 식당 주인들의 적극적인 마케팅과 가벼운 저녁을 먹으며 몸매를 지키고 싶어 하는 도시인들의 취향이 결합해 만들어낸 신풍속이다. 그렇지만 아무리 아페로 디나투아가 '가벼운'을 강조해도 여기는 먹거리로는 어느 나라 부럽지 않은 프랑스다. 당연히 아페로 디나투아에도 먹을거리가 무진장하다. 치즈와 샤퀴테리 보드처럼 전통적인 안주부터 당근, 방울토마토 같은 생채소, 후무스부터 과카몰리까지 다양한 디핑 소스, 층층이 쌓은 샌드위치 탑인 팽 슈프리즈pain surprise와 타르트, 온갖 계절 채소 요리들이 등장한다.

아페로 디나투아의 유행에 힘입어 안주를 빙자한 요리들을 작은 접시에 비교적 저렴하게 판매하는 식당도 점차 늘어나고 있다. 하지만 알 만한 사람들은 알 것이다. 이런 곳에서 배를 채우려 했다가는 두루마리 화장지 길이의 계산서와 맞닥뜨려야 한다는 것을. 안주는 절대로 밥이 될 수 없다고 생각하는 전통주의자인 남편은 이런 식당에 가려면 미리 집에서 밥을 먹고 가야 한다고 비아냥거리지만 그러거나 말거나

현재 매우 성황 중이다.

집으로 초대해 저녁을 대접하는 게 사교의 성공 열쇠인 프랑스에서 아페로 디나투아는 요리에 능숙하지 못하거나 요리할 시간이 없는 이들에게 구원 투수가 되어준다. 마트며 식품점마다 아페로 디나투아 코너가 따로 있어서 모든 것을 구입해 삽시간에 뚝딱 차릴 수 있기 때문이다. 주변에도 아페로 디나투아의 유행을 두 팔 벌려 환영하는 친구가 여럿이다. 금요일이나 토요일 저녁에 놀러 오라는 전갈을 받고 가 보면 테이블에는 방울토마토와 당근, 피스타치오 한 줌과 치즈, 오븐에 데우기만 하면 되는 냉동식품 타르트가 차려져 있다. 술과 빵은 초대객들이 가져온다.

아페로에 무얼 먹고 마시는지를 길게 적었지만 정작 아페로의 핵심은 따로 있다. 실상 무엇을 마시고 무엇을 먹느냐는 그다지 중요하지 않다. 다들 그토록 아페로를 좋아하는 이유는 무엇이든 말할 수 있어서다!

"의료 보험 카드를 갱신하라고 하더라고. 계좌 번호를 알려 달라는 게 좀 이상했지만 그날따라 정신이 없어서 그냥 알려줬지. 정말이지 거지 같은 세상이야, 메르드!"

옆 테이블에서는 한창 기승을 부리는 보이스 피싱 사기에 큰돈을 털린 주인공이 분통을 터트린다. 있을 법하지 않지만 의외로 자주 목격되는 막장 드라마 같은 사건, 배를 부여잡고 저녁 내내 뒹굴 수 있는 기막힌 코미디, 세상에 대한 신랄한 조롱, 이 자리에 없는 사람에 대해 한마음 한뜻으로 나누는 험담…. 술잔과 함께 수많은 이야기들이 줄줄 흘러나온다. 프랑스인들은 아페로에 흐르는 분위기를 '콩비비알리테 convivialité'라고 부른다. '유쾌한 잔치 기분' 정도로 번역할 수 있는 이 단어는 결국 이야기로 맺어지는 동맹을 뜻한다. 어떤 이야기든 아페로에서 수다를 떨고 웃으며 우리는 한편이 된다. 그렇게 세상은 아주 조금 더 살 만한 곳이 된다.

술잔이 늘어나면서 눈꼬리가 처지기 시작한다. 슬슬 자리를 털고 일어날 때다. 집으로 돌아갈 때는 챙겨 온 빈 병에 술을 담아 가기도 한다. 르 바롱 루즈의 입구에는 큰 포도주 통이 쌓여 있는데 빈 병을 가져가면 꼭지를 열어 콸콸 술을 채워준다. 화이트가 좋을까 레드가 좋을까, 내일 메뉴는 뭐였지? 이리저리 궁리하는 동안, 빨간 베레모를 쓰고 기타를 든 오늘의 초대 가수가 노래를 부르기 시작한다.

"하루 종일 일을 하던 날, 나에게는 방 안의 시든 꽃들 외

에는 그 어떤 꿈도 남아 있지 않았네."

풍기는 분위기부터 술깨나 좋아했을 듯한 세르주 갱스부르의 노래 〈알코올L'Alcool〉이다. 아아, 갱스부르 그도 역시 아페로를 사랑하는 프랑스인이었음이 틀림없다. 노래는 술 한 잔이면 남미의 나이트클럽에서 밤새도록 춤을 추는 달콤한 꿈을 꿀 수 있다고 유혹한다. 그 어떤 하루를 보냈어도 아페로가 있어서 살 만하다. 비록 새벽녘 술 한 잔에 스페인의 성과 하렘을 보았다는 갱스부르처럼 흠뻑 취하지는 않았어도 말이다.

## 생선 가게, 마레 보보
**La Marée Beauvau**

Marché Couvert Beauvau,
1 Rue d'Aligre, 75012 Paris
https://www.lamareebeauvau.fr/

## 빵집, 레미
**Boulangerie RÉMY**

127 Rue de Charenton, 75012 Paris
@remyboulangerie

## 정육점, 메종 기냐르
**Maison Guignard**

Marché Beauvau, Pl. d'Aligre, 75012
Paris
@maisonguignardaligre

## 커피숍, 얼리 버드
**Early Bird**

Marché Beauvau,
Pl. d'Aligre, 75012 Paris
https://earlybirdcoffee.fr/
@earlybird_coffeeroasters

**와인 가게, 코테 수드**
Chai Sophie Cotté Sud

22-24 Rue de Cotte, 75012 Paris
facebook: Chai Sophie Cotté Sud

**치즈 가게, 아르두앙-랑글레**
Fromagerie Hardouin Langlet

6 Pl. d'Aligre, 75012 Paris

**닭집, 샤퐁 달리그르**
Chapon d'Aligre

Pl. d'Aligre, 75012 Paris

**향신료 가게, 사바**
Épicerie Sabah

30 Rue d'Aligre, 75012 Paris
https://www.epicerie-sabah.fr/

**이탈리아 식품점, 살보**
Salvo olio e vino en vrac

10 Pl. d'Aligre, 75012 Paris,
@salvo.olioevino_focacceria

**이탈리아 식품점, 리탈리앵**
L'italien

Marché Couvert Beauvau,
Pl. d'Aligre, 75012 Paris

**빈티지 가게, 메종 퀴예레**
Maison Cuilleret

11 Rue Antoine Vollon, 75012 Paris
https://maisoncuilleret.fr/
@maison.cuilleret

**와인 바, 르 바롱 루즈**
Le Baron Rouge

1 Rue Théophile Roussel, 75012 Paris
https://lebaronrouge.net/

# 메르시 크루아상

초판 1쇄 발행 2024년 6월 4일
초판 3쇄 발행 2024년 9월 5일

지은이    이지은
펴낸이    김철식
펴낸곳    모요사
출판등록   2009년 3월 11일
        (제410-2008-000077호)
주소     10209 경기도 고양시 일산서구
        가좌3로 45, 203동 1801호
전화     031 915 6777
팩스     031 5171 3011
이메일    mojosa7@gmail.com

ISBN    978-89-97066-92-6  03810